dtv

Dreißig Jahre war Sonja Chefin eines Hotels am Bodensee; ihr Mann Bruno bekam als Koch sogar einen Stern. Doch dann stirbt Bruno. Sein Bruder Arno ist bereit, alles, und damit auch einen Berg von Schulden, zu übernehmen – vorausgesetzt, sie verschwindet. Sonja flieht nach Wales, in ein verlorenes Hotel am Meer, von dem ihr früherer Gast Mister Pettibone immer geredet hat. Allerdings hat er sie auch gewarnt vor diesem traurigen Ort: zugige Fenster, zugige Türen, rundum Ödnis. Doch das Meer ist herrlich! Und ist Wales im Regen nicht allemal besser als ein Feinschmeckerhotel am Bodensee?

Karl-Heinz Ott, 1957 in Ehingen an der Donau geboren, wurde für sein Werk mehrfach ausgezeichnet, u. a. mit dem Förderpreis des Friedrich-Hölderlin-Preises (1999), dem Alemannischen Literaturpreis (2005), dem Preis der LiteraTour Nord (2006), dem Johann-Peter-Hebel-Preis (2012) und dem Wolfgang-Koeppen-Preis (2014). Zuletzt erschienen seine Romane ›Die Auferstehung‹ und ›Und jeden Morgen das Meer‹.

Karl-Heinz Ott

Und jeden Morgen das Meer

Roman

dtv

Von Karl-Heinz Ott ist bei dtv außerdem lieferbar:
Ob wir wollen oder nicht (13971)
Wintzenried (14247)
Die Auferstehung (14551)

Ausführliche Informationen über unsere Autorinnen und Autoren und ihre Bücher finden Sie unter www.dtv.de

MIX
Papier aus verantwortungsvollen Quellen
FSC® C019821
www.fsc.org

2. Auflage 2020
2020 dtv Verlagsgesellschaft mbH & Co. KG, München
Lizenzausgabe mit Genehmigung der Carl Hanser Verlag GmbH & Co. KG, München

Umschlaggestaltung: Ruth Botzenhardt, buxdesdesign.de
unter Verwendung eines Fotos von plainpicture/Angela DeCenzo
Satz: Gaby Michel, Hamburg
Druck und Bindung: Druckerei C.H.Beck, Nördlingen
Gedruckt auf säurefreiem, chlorfrei gebleichtem Papier
Printed in Germany · ISBN 978-3-423-14754-5

UND JEDEN
MORGEN
DAS MEER

JEDEN MORGEN steht sie auf den Klippen, bei jedem Wind und Wetter, und jedes Mal denkt sie, ich könnte springen. Denkt es, seit sie hier ist. Das Meer würde sie sofort verschlingen.

Seefahrer konnten früher nicht schwimmen, erzählen sich hier die Leute. Es hätte ihnen nichts genützt. Spätestens nach zwölf Minuten sei alles vorbei, heißt es, egal ob man schwimmen kann oder nicht. Die See nimmt sie alle.

Sie könnte sich rückwärts hinabstürzen, um nicht in die schäumende Gischt schauen zu müssen, mit Blick auf grünes Land und Schafe und in der Ferne bräunlich aufragende Berge.

Großmutter hatte nie das Meer gesehen. Sie starb, wo sie geboren wurde, in einem Dorf, das versunken war in seiner eigenen Vergangenheit. Nie hatte sein Rauschen sie in den Schlaf begleitet oder sie geweckt. Sie wusste nicht einmal, wie dieses Rauschen klingt. Oder kann man es sich vorstellen, ohne es je gehört und erlebt zu haben?

Wann hatte sie selbst eigentlich das Meer zum ersten Mal gesehen? Nicht einmal in Grimms Märchen gab es eins, nur Wälder und Wölfe, Zwerge und Hexen. Auch nicht in Bilderbüchern, soweit sie sich entsinnt. Lange Zeit kannte sie das Meer so wenig wie ihre Großmutter.

Und nun schaut sie schon seit drei Jahren auf das endlose Gewoge mit seinen wilden Winden und seiner wütenden Flut. Immer noch könnte sie stundenlang zum Horizont starren, obwohl einem dabei nicht bloß schöne Gedanken kommen. Was erwartet einen dahinter, fragt man sich, hinter diesem Horizont: Die Ewigkeit? Das Nichts? Beides zugleich? Die Antwort kennt niemand. Vielleicht ist es besser so.

Mister Pettibone hatte sie gewarnt. Man kann dort ein paar Tage Ferien machen, aber nicht leben, hatte er gesagt. Lange hatte sie sich nicht getraut, ihn anzurufen. Auch jenen Brief hatte sie ihm nie geschickt, den sie ein paar Wochen später am Telefon ablas, um mit ihrem Englisch nicht ins Stottern zu geraten: My husband died two months ago. I have to close my hotel and the restaurant.

Er konnte es nicht glauben. Ihr Mann war doch noch nicht alt, hatte er immer wieder gesagt. Doch wozu sollte sie ihm die ganze Wahrheit auftischen? Sein Entsetzen legte sich erst, als sie mit ihrer Anfrage kam.

Er habe es nie ernst gemeint mit diesem Hotel. Was denken Sie!? Impossible! You have so many options, rief er. So many options! Sie müsse sich keine Sorgen machen, man werde sie überall mit Handkuss nehmen. Überall zwischen Sylt und Sils Maria.

Er wusste wie jeder andere, dass man in ihrem Alter nicht mehr vermittelbar ist. Es klang nicht nur lächerlich, sondern wie Hohn. Was dachte er eigentlich, als er einer Zweiundsechzigjährigen, die vor dem Nichts stand, eine rosige Zukunft versprach? Nie hätte sie gedacht, dass er so schlecht Theater spielt.

Die bereits ergangenen Absagen erwähnte sie mit keinem Wort. Man konnte das Kopfschütteln am anderen Ende der Hörer jedes Mal regelrecht sehen und es aus den Antwortschreiben herauslesen. Diese Leute mussten ihr Gelächter unterdrücken, wenn sie erklärten: Es tut uns leid, Frau Bräuning, doch Sie möchten sicherlich nicht unter einer Chefin arbeiten, die zwanzig Jahre jünger ist als sie! Manche sprachen sie mit gnädige Frau an.

Es waren nicht mehr viele, die sie und ihren Mann kannten. Die Jüngeren konnten mit dem Namen Bruno Bräuning ohnehin nichts mehr anfangen, von den Älteren glaubten die meisten, sie beide befänden sich im Ruhestand. Man hatte über die Jahre die Kontakte schleifenlassen, aus guten Gründen. Die wenigen, die sich noch erinnerten, wussten natürlich, dass ihnen der Stern längst weggenommen worden war. Doch darüber redete man nicht. Sie sei herzlich willkommen, das Haus stehe ihr jederzeit offen, als Gast natürlich, hieß es überall. Mit tiefstem Bedauern, ihr nicht weiterhelfen zu können.

Nur Mister Pettibone rief ins Telefon: Sie sind noch jung! Er schien zu fürchten, am Ende noch für ihr Schicksal verantwortlich zu sein, sollte es ihm nicht gelingen, ihr den Unsinn mit dem abgetakelten Hotel seines Onkels auszureden. Zwar hatte er schon früher gesagt: Das Essen ist schlecht, die Leute sind ärmlich, doch das Meer ist herrlich! Auf einmal jedoch malte er ihr alles Schreckliche aus: zugige Fenster, zugige Türen, eine wahre Bruchbude, rundum Ödnis.

Natürlich, das Meer! Doch was wollen Sie am Meer, wenn alles andere nicht stimmt? Urlauber gibt es dort so gut wie keine, im Sommer schauen ein paar Engländer vorbei, vielleicht steht irgendwo ein verlorenes Kino, in dem keine Filme mehr laufen! Sie werden auf eine leere Bühne blicken, hatte er sie gewarnt. Selbst im Sommer entdecken Sie am

Strand keinen einzigen Liegestuhl! Niemand wartet auf Sie in Abydyr!

Er konnte nicht begreifen, dass sie aus genau diesem Grund an einen solchen Ort wollte, an eine Küste ohne Hafen, ohne Boote, ohne alles Südliche.

In London hatte sie am Bahnhof ein paar Zeitschriften gekauft, um sich sofort wie angekommen zu fühlen. Doch sie konnte nicht herausfinden, auf welchem Gleis ihr Zug abfuhr. Jemanden anzusprechen hatte sie nicht gewagt, aus Angst, keinen einzigen englischen Satz herauszubringen. Sie wusste nicht einmal, wonach sie hätte fragen sollen. Man musste mehrmals umsteigen. Auf den vielen Anzeigetafeln war kein einziger Ort zu entdecken, der auf ihrem Ticket stand. Und nirgends ließ sich ein Schaffner blicken.

Auf das kurze Hochgefühl, bereits hierherzugehören, folgte die Bodenlosigkeit. Über Jahrzehnte hatte sie Tausende von Gästen begrüßt, nun blickte sie hilflos in einem Bahnhof umher, der die Kälte einer Lagerhalle besaß. Am liebsten hätte sie alles rückgängig gemacht und wäre zu Großmutter nach Hause gerannt, die seit bald fünfzig Jahren tot war. Alles, was danach kam, erschien ihr nun wie ein einziges Unglück. Hätte sie Bruno nie kennengelernt, wäre sie auch nie seinem Bruder begegnet.

Es ist ein schlechter Traum, du wachst gleich auf, neben dir liegt die Großmutter, auf der anderen Seite schaut dich der Schutzengel an, malte sie sich in einem Anfall sinnloser Hoffnung aus. Sie hätte das Schutzengelbild bei sich behalten und Großmutters Welt nie verlassen dürfen. Eine Welt, die mit dem Angelusläuten begann, aus deren Häusern mittags Essensgerüche drangen und wo abends die Läden zugeklappt wurden. Eine Welt mit Eisblumen am winterlichen Abortfenster und Obstwiesen hinterm Haus. Eine Welt, über der eine wohlige Müdigkeit schwebte, mit verblassten Tapeten, dämmrigen Fluren, knarrenden Stiegen, zerfallenden Scheunen und Kruzifixen an den Feldwegen.

Ein grauhaariger Rastamann mit faulen Zähnen und zottligem Bart sprach sie an. Sie war den Tränen nahe. Hatte Angst vor ihm. Wusste gar nicht, dass es alte Rastamänner gibt. What are you looking for? Sie hatte die Frage zuerst nicht verstanden. Dachte, er wolle Geld. Aus seinem furchigen Gesicht schauten sanfte Augen. Vielleicht lebte er im Bahnhof oder auf der Straße. Er musste sie beobachtet haben. Fünf Minuten später saß sie in ihrem Zug. Er wollte nicht einmal den Schein nehmen, den sie ihm hingehalten hatte.

Als die Ausläufer von London ins Land übergingen, querten stille Flüsschen mit Hausbooten die Strecke. Und dann stundenlang saftiges Grün und Schafe. Überall Schafe. Nie zuvor hatte sie so viele Schafe gesehen. Zwischen Gebüsch und Bäumen lugte hin und wieder ein Landschlösschen hervor. Je näher sie ihrem Ziel rückte, desto einsamer wurde die Gegend und fast menschenleer. In den spärlicher werdenden Dörfern waren die Häuser farbig gestrichen, was das Gefühl der Verlorenheit nur verstärkte. Die Ortsnamen auf den Bahnhofsschildern ließen sich kaum noch aussprechen. Sie bestanden aus endlosen Konsonanten, oft ohne jeden Vokal. Llanfairpwllgwyngyll, LLwydcoed, Ngwnfa, Ffydd. Man verschwand wirklich in ein fremdes Land, dessen Sprache kein Mensch verstand, der nicht von dort kam.

Vielleicht besitzt dieses Unaussprechliche etwas Befreiendes, dachte sie. Vielleicht ist es gut, wenn gar nicht erst das Gefühl aufkommt, dass man dazugehört und mit allem zusammenklebt. Wenn alles offenbleibt und man kaum etwas versteht.

Das Einzige, was ihr der Onkel über Mister Pettibone ausrichten ließ, lautete: You will manage the daily affairs! Genauere Anweisungen gab es nicht. Dieser Onkel schien sich für das *Ocean Bay* tatsächlich nicht sonderlich zu interessieren. Er habe es bereits verkaufen wollen, behauptete Mister Pettibone. Aber vielleicht ist man ja noch einmal froh über ein Hotel am Meer, habe er sich schließlich gesagt.

An manchen Tagen stehen alle Zimmer leer, dann wieder sind drei oder vier belegt. Länger als eine Nacht bleiben die meisten nicht, zur Hälfte Leute mit Rucksack, die von den Schneebergen im Norden kommen und Richtung Cornwall weiterwandern. Zuweilen sind dabei auch Deutsche, mit denen sie Englisch spricht, oder bei denen sie so tut, als habe sie Deutsch ein wenig verlernt. Gegen freies Logis und ein besseres Taschengeld verwaltet sie den schieren Stillstand. Ein Metzger füllt mit vorgekochten Eintöpfen regelmäßig die Gefriertruhe, den Rest erledigt die Mikrowelle. Essen wie im Zug. Die meisten Gäste frühstücken lediglich. Daily clean of rooms!, steht an der Tür, was hier nicht selbstverständlich zu sein scheint.

Beim ersten Betreten ihres Zimmers kam ihr im Dämmerlicht eine Gestalt entgegen, die so erschrocken wirkte wie sie selbst. Fast hätte sie aufgeschrien, so wie die andere auch. Es war ihr Spiegelbild, das mehr über ihren Zustand verriet, als ihr bewusst war. Auf der Fahrt hatte sie sich ein wenig betäubt gefühlt, doch nicht wie aufgelöst. Beim Blick in den Spiegel sah sie, wie viel Schrecknis in ihr steckte. Ihr bisheriges Leben war nun endgültig vorbei.

Zur Begrüßung peitschte die ganze Nacht Regen gegen ihr Fenster. Wales bedeutet Regen, hatte Mister Pettibone sie gewarnt. Er sollte unrecht behalten. In Wahrheit beherrscht hier der Wind das Leben. Auf dem Hochland mag es wochenlang schütten, am Meer ziehen die Wolken vorbei und bescheren einem in wenigen Stunden vier verschiedene Jahreszeiten. In ihrem ersten Sommer stiegen die Temperaturen in eine Höhe, die halb England ans Meer pilgern ließ. Von heut auf morgen war es vorbei mit der leisen Langeweile, die hier sonst das Leben prägt. Es schien nicht zu stimmen, was Mister Pettibone immer behauptet hatte.

Liegestühle waren angekarrt worden, von weiß Gott woher. Sogar afrikanische Händler waren mit Kettchen und Hawaiihemden die Küste rauf und runter gezogen. Die Leute trauten ihren Augen nicht. Man sprach bereits vom neuen Saint-Tropez des Nordens. Nur der Wind ließ keine wirklich südliche Stimmung aufkommen. Fiel gelegentlich ein Platzregen, rannten die Leute auf die Straße und hopsten herum wie Kinder. Die Bucht hatte ihre gewohnte Ruhe verloren. Manchen gefiel dieses Treiben, vor allem Geschäftsleuten. Das Hotel war ausgebucht, auch Deutsch und Holländisch war rundum zu hören. Schon wuchs in ihr die Angst, es könnten alte Bekannte in der Tür stehen. Sie spielte bereits mit dem Gedanken, diesen Flecken wieder zu verlassen. Doch Mitte August zogen Wolken auf und die Liegestühle verschwanden.

Im Herbst schlugen haushohe Wellen zu ihr unters Dach.

Noch heute steht sie in solchen Nächten mit der schaurigen Hoffnung am Fenster, eine Woge würde hereinbrechen und alles überspülen. Eine Spur von Seligkeit mischt sich dann in die fast panische Angst, in den eigenen Wänden von der Wucht dieser Fluten niedergerissen zu werden. Müsste sie zurück an den Bodensee, würde sie diese Naturgewalten inzwischen vermissen. Manchmal kann sie es kaum erwarten, bis das Meer anschwillt und mit seinen Brechern auf die Promenade einstürzt.

Im letzten Winter wurde ein Junge beim Filmen der tosenden Wogen hinausgespült. Zehn, zwölf Schritte vom Küstengeländer entfernt befand er sich auf halber Höhe bis zu den Klippen. Warum die Wellen ihn nicht bergauf gespült haben, bleibt bis heute ein Rätsel. Sie hatte ihn vom Fenster aus beobachtet. Plötzlich war er weg. Anfangs dachte sie, er sei zurückgewichen und den Berg hinaufgerannt. Am nächsten Morgen fand man ihn tot, ein wenig nordwärts in einer Bucht.

Wäre Bruno auf solche Weise verschwunden, man hätte ganz anders um ihn trauern können.

Wenn das braune Gewoge nach Sturmnächten mürrisch hin und her schwappt, hinterlässt es den Eindruck, es habe sich übernommen. Doch man fühlt sich wie erlöst, und sei es, weil der Weltuntergang noch einmal an einem vorübergegangen ist. Aber auch, weil Wind und Wetter einem die eigene Unruhe abnehmen.

Seit einiger Zeit träumt sie von ihrer früheren Katze. Man sieht sie nicht im Traum, sondern hört sie nur, aus weiter Ferne, vom anderen Ende des Meeres, das unter dräuenden

Nachthimmeln gespenstisch schimmert. Ein klägliches, forderndes, vorwurfsvolles Maunzen. Vielleicht kommt es gar nicht von ihrer Katze, doch sie denkt sofort an sie. Es steigert sich zu einem Greinen wie von kleinen Kindern.

In den ersten Monaten dachte sie ständig an ihr Zuhause, das kein Zuhause mehr war. Je mehr sie alles vergessen wollte, desto mächtiger drängten sich ihr die immer gleichen Bilder auf, zu denen auch der Blick dieser Katze gehört. Von der Holzbeige herab hatte sie ihr nachgeschaut, als sie zum allerletzten Mal in ihrem Cabrio zum Hof hinausfuhr. Wie alle Katzen tat sie meist so, als existierte man überhaupt nicht, trotz allen Rufens. Doch als sie an diesem Morgen in ihren Wagen stieg, starrte sie ihr richtiggehend nach, so lange, bis sie um die Kurve bog. Als hätte sie gewusst, dass sie nie wiederkommt.

In ihren besseren Zeiten würde sie nicht bloß der Bürgermeister mit großem Trara verabschiedet haben, wenn sie den *Lindenhof* für immer verlassen hätte. Staatspräsidenten waren einst ihre Gäste und alles, was Rang und Namen hatte. Doch an diesem Tag hatte ihr nur die Katze zugeschaut, wie sie im frühen Morgenlicht für immer verschwand. Das Hoftor ließ sie zum ersten Mal in all den Jahren wagenweit offen. Sollten sie doch alle hereinspazieren, die Wunderfitzigen, die Diebe und Landstreicher, es ging sie nichts mehr an. Sie hatte immer gemocht, wie das Tor ins Schloss fiel und nachzitterte. Es machte den *Lindenhof* zu einer mittelalterlichen Trutzburg, in der man sich ganz anders beschützt wähnte als in gewöhnlichen Häusern.

Als sie das letzte Stück am See entlangfuhr, zur Linken die Reichenau, zur Rechten ansteigende Wälder, dachte sie: Dreh um und nimm sie mit! Doch etwas in ihr hatte auch eine gemeine Freude, dass für die Katze nun niemand mehr sorgte. Warum sollte nur sie selbst sich mutterseelenallein fühlen? Warum nicht ein bisschen Rache üben, und sei es an ihr?

Schon als sie zum Dorf hinausdüste, überkam sie ein wüstes Triumphgefühl. Sie wünschte nicht nur dem *Lindenhof* den Untergang, sondern dem ganzen Ort. Auf einmal mochte sie diese Gegend nicht mehr, mit ihrem behäbigen See und ihrem träge machenden Wohlstand, den herausgeputzten Häuschen mit ihren niedlichen Zäunen, den Geranienfenstern, den zufriedenen Leuten und den Alpen im Hintergrund, die in ihrer großmächtigen Starre auch noch fürs Majestätische sorgten.

Das Auto stank nach Hundescheiße. Tags zuvor war sie nach ihrem letzten Gang über die Felder vor dem Einsteigen in einen Haufen getappt. Es stank so bestialisch, dass sie fürchtete, der Händler werde ihr in Basel den Wagen nicht abnehmen oder den Preis herabdrücken. Als vom See nichts mehr zu sehen war, fing sie an zu heulen und hielt auf einem Ackerweg. Übers Lenkrad gebeugt schüttelte es sie am ganzen Leib, so heftig, dass ans Weiterfahren kaum zu denken war. Über den Feldern verscheuchten wild krächzende Krähen einen Bussard, von dem sie nicht einmal lassen wollten, als er in die Wälder abbog. Auf einmal tat ihr die Katze leid.

Warum war sie nicht zu ihr hingegangen, um sie ein letztes Mal zu streicheln? Und jetzt schreit sie im Traum.

Ein paar Stunden später stieg sie in London in ein Taxi, das tatsächlich so aussah wie auf Bildern und in Filmen, nur dass man sich nicht wie in einem Leichenwagen fühlte und nicht durch nächtlichen Nebel fuhr. Sie war noch nie in London gewesen, war überhaupt wenig herumgekommen, hatte ihre Ecke am Bodensee jahrzehntelang kaum verlassen. Wenigstens ein einziges Mal wollte sie die Themse und Big Ben gesehen haben, bevor sie für immer wegging ans Ende der Welt. Mister Pettibone hatte sie gewarnt. Auch die Stirn des Taxifahrers runzelte sich, als sie auf seine Frage, ob es ihr hier gefalle, antwortete: I go to Wales. Er verstummte kurz, drehte sich zu ihr um, zuckte mit den Schultern und fragte halb ungläubig, halb vorwurfsvoll: Why Wales?

Früher hatte Mister Pettibone von Abydyr geschwärmt und lediglich über seinen Onkel geklagt, der dort ein herrliches Hotel verkommen ließ. Jedes Jahr fing er damit an, wenn er um Ostern bei ihnen einkehrte, auf dem Weg zu seinen Zürcher Verwandten, die vermutlich aus Bankkonten bestanden. Waren die anderen Gäste aufgebrochen, blieb sie mit ihm meist noch bei einer guten Flasche sitzen und ließ sich von seiner Kindheit in Wales erzählen, wo er mit seinen Eltern die Sommer verbracht hatte, auf dem Hochland mit Meerblick, in einem Häuschen, das man nur über holperige Wege erreichte und vollkommen einsam lag, mit einer quietschenden Wetterfahne auf dem Dach, einem knarrenden Holztor und tausend Gespenstern. Sein leiser Witz, seine angeborene Eleganz und die Sicherheit des Weltmanns machten Mister Pettibone zum Inbild des Engländers, der mit seiner Filzmütze, karierten Jacke und seinem Einstecktuch einen famosen Landadligen in Filmen abgegeben hätte, die von seltsamen Verbrechen handelten, dabei aber ganz lustig waren.

Sonja, Sie müssten dort das Regiment führen!, hatte er immer gesagt, wenn er auf seinen Onkel zu sprechen kam.

Es könnte eine Goldgrube sein, nur lässt er das Hotel verkommen!

Womit Mister Pettibone keineswegs recht hatte. Zwar kümmerte sich der in London lebende Onkel kaum um das Haus, doch es ging dort alles seinen gewohnten Gang. Man hätte es renovieren, umbauen, schicker machen können. Doch wozu? Als sie Mister Pettibone fragte, ob sie dort unterkommen könnte, wurde er nicht nur unwirsch, sondern tat so, als gäbe es dieses Hotel schon fast nicht mehr. Weil sie nicht lockerließ, machte er die ganze Gegend schlecht und rief: Man zieht nur nach Wales, wenn man vom Leben nichts mehr will!

Ihr war vollkommen klar, dass es sich um kein St. Moritz handelte und auch um kein englisches Landschloss, wo man um Punkt fünf die Teezeit zelebrierte und beim Dinner adlige Herrschaften in noblem Tweed bediente. Sie sehnte sich auch nach keiner besseren Gesellschaft mehr. Lange genug hatte sie sich mit dem schleichenden Niedergang kaum abfinden können, inzwischen dachte sie nur noch an Flucht. Die Träume von einer Rückkehr zu den glorreicheren Zeiten waren schon ausgeträumt, bevor Bruno jede Nacht in den Keller hinabstieg. Nicht Stürme waren über sie hinweggefegt, es waren züngelnde Wellen, die alles unmerklich wegbrechen ließen. In drei Jahrzehnten hatte sie mit dem *Lindenhof* drei gleich lange Akte durchlebt: Aufbruch, Höhepunkt, Niedergang.

Sie hatte gehofft, der Wind würde alle Erinnerungen aus ihr hinausblasen, hinausfegen, hinauswehen. Fing es nachts an zu stürmen, rannte sie in ihrer übers Schlafhemd geworfenen

Regenjacke nach draußen und stemmte sich dem heulenden Wind entgegen. Ans Küstengeländer geklammert genoss sie in Todesangst sein Toben, während links und rechts sich Fahnenmasten krümmten und Mülleimer über die Promenade flogen. Sie hoffte, von niemandem gesehen und erkannt zu werden.

Außer ihr rannte nie jemand hinaus, am allerwenigsten nachts, wo jede Hilfe zu spät käme, würde man ins Meer hinausgerissen. Doch immerhin, dieser Wind schüttelt einen durch, nicht nur außen, auch innen, und treibt einem Tränen ins Gesicht, die sich keiner Trauer verdanken. In seiner Raserei verscheucht er die schwersten Wolken und verjagt Gedanken, die einem ständig durch den Kopf gehen. Er kennt nur die Gewalt des Hier und Jetzt und keine Vergangenheit und keine Zukunft. Er erinnert auch an keinen anderen Wind, so wie auch dieses Ufer an kein anderes Ufer erinnert.

Manchmal klang es am Bodensee nachts nach Meeresrauschen, morgens sah man, dass es bloß vom Geraschel der Blätter herrührte. Müsste sie zurück, käme ihr vermutlich alles kleiner vor als früher, der See, die ganze Gegend, selbst das Wetter. Fast wie in Bilderbüchern. Allein die Möwen sind dort bloß halb so groß, und weder zerreißt ihr gellendes Klagen die Luft, noch hallt es wie hier hinaus in unendliche Weiten. Am Bodensee halten sie sich meist in Ufernähe auf, am Meer lassen sie sich mit weiten Schwingen von unbändigen Böen hochjagen und im Sturzflug hinabfallen, in stundenlangem Hin und Her, mit halsbrecherischer Geschwindigkeit, der das Auge kaum folgen kann, kreuz und quer, als müssten sie unablässig zusammenprallen und in die Fluten hinabtaumeln, nur dass nicht das Geringste passiert und rätselhafte Gesetze jede Kollision, jeden Krieg, jeden Konflikt verhindern.

Zuweilen kommt es ihr vor, als habe sie nie dort unten am See gelebt. Als hätte sich eine Fata Morgana in ihre Erinnerungen geschlichen, die ihr Bilder vorgaukelt, wie man sie vom Kino kennt, wo man leicht vergisst, dass es sich um Filme handelt und nicht um Wirklichkeit. Hätte diese Vorstellung nichts Erleichterndes, könnte sie einen verrückt machen. Sie weiß, dass sie mit Bruno den größten Teil ihres Lebens verbracht hat, doch das alles wirkt wie losgekoppelt. Es fühlt sich an, als habe man Gepäck abgeworfen. Mit schlechtem Gewissen. Als dürfe man das nicht.

Natürlich hatte Mister Pettibone nicht unrecht. Im Vergleich mit dem *Ocean Bay* sieht der *Lindenhof* wie neu aus. Würde man hier die Kaffeemaschine wegräumen und den Laptop an der Rezeption gegen ein Gabeltelefon eintauschen, könnte man einen Film drehen, der vor dem Krieg spielt. Selbst draußen müsste man wenig verändern und lediglich die Straßenschilder, die Poller, die Autos und bolligen Betonbänke entfernen. Hingen an den Laternen noch Gaslampen, hätte man ein trautes neunzehntes Jahrhundert beisammen.

Auch wenn sich hier andere Gerüche in den Wänden festgefressen haben, erinnern im *Ocean Bay* die furnierten Türen, die feuchten Flecken an den Wänden und die sumpfig wirkenden, wie aus Moos bestehenden Teppichböden ans Linoleum, ans Bohnerwachs und an die Mottenkugeln aus Großmutters Tagen. Es ist alles anders, aber genauso ärmlich. Könnte man Häusern ein stiefmütterliches Wesen nachsagen, würde dieses Hotel das beste Beispiel abgeben. Den Begriff Luxus kennt man hier nicht, doch es fehlt auch an nichts. Es würde nicht zur Umgebung passen, wenn an der Promenade ein einzelnes Etablissement herausgeputzt wäre und mit Leuchtreklame herausstäche. Es gibt hier kein erstes Haus vor Ort, es gibt nur kleinere und größere und labyrinthisch verwinkelte, bei denen die Treppenhäuser um tausend Ecken stockauf, stockab führen.

Selbst das Essen ruft die Kindheit wach, obwohl es hier keine Dampfnudeln gibt und keinen Ofenschlupfer, jedoch alles, was auf den Tisch kommt, genauso kräftig und deftig ist. Hier steht auch kein durchgesessenes Sofa mit gesprungenen Federn, und auch keine Standuhr tickt Tag und Nacht behäbig vor sich hin, und auch die Tapeten besitzen keine Blumenmuster, doch alles trägt deutliche Spuren der Zeit und wirkt wie verwelkt. Steigt sie abends in ihr Bett, knarrt wie früher der Lattenrost und sie sieht Großmutter neben sich, nur dass sie sich nicht mehr jede Nacht im Dunkeln zum Abort vortastet und mit einem leichten Seichelgeruch zurückschlurft.

Auch meint man hier niemanden rennen zu sehen, sowenig wie in Großmutters Dorf, wo man nur bei Feuerwehrübungen Eile spielte und nur zu laufen anfing, wenn der Bus am Losfahren war. Um des bloßen Rennens willen war dort niemand gerannt, außer Kinder. Nur kann sie sich kaum an Kinder erinnern, sieht man von dem Bauernbuben ab, der Katzen gequält hat. Die meisten dort waren schon immer alt.

Dass Großmutter sterben könnte, kam ihr als Kind lange nicht in den Sinn. Sie schien schon mit Dutt, schwarzem Kopftuch und gebücktem Gang auf die Welt gekommen, sofern sie überhaupt geboren werden musste. Man war dort, was man war, seit je und für immer, wie in Märchen, wo Stiefmütter immer Stiefmütter, Zwerge immer Zwerge und Prinzen immer Prinzen bleiben, auch wenn man sie mitunter in Frösche verwandelt. Sie alle spielten ihre zeitlosen Rollen, gleichgültig was ihnen widerfahren war und noch widerfahren mochte. Nur mit den Bösen nahm es meist ein böses Ende, alle andern lebten fort, wie sie von jeher gelebt hatten, mit mal schlimmeren, mal schöneren Widerfahrnissen.

Früher dachte sie auch von sich selbst, sie würde nie sterben, zumindest ein bisschen. Selbst später konnte sie es nicht ganz glauben, obwohl sie wusste, dass jeder sterben muss. Allerdings hätte sie sich auch nie vorstellen können, dass ihr Leben sich eines Tages von heute auf morgen radikal ändert, mit einem Schlag.

Jahrzehntelang hatte sie eines der ersten Häuser zwischen Bregenz und Basel geführt, mit Dutzenden von Mitarbeitern, denen sie Brot und Arbeit gab. Lehrlinge waren stolz, wenn sie bei ihnen eine Ausbildung machen durften, es bedeutete, sich um die Zukunft keine Sorgen machen zu müssen. Vor ihrem Haus parkten Karossen, wie man sie sonst weit und breit nirgends sah. Den *Lindenhof* kannte jeder, auch solche, die ihn nie von innen gesehen hatten. Er war das Aushängeschild der ganzen Gegend, und das zu einer Zeit, als es noch nicht überall Sterne regnete und man die deutsche Küche für ein Notstandsgebiet hielt. Sie begrüßten Gäste aus der halben Welt und hätten die Flure mit Fotos berühmter Zeitgenossen bestücken können. Bruno hielt sich immer im Hintergrund, sie dagegen war fürs Repräsentative zuständig, über all die Jahre hinweg.

Die Spüler, die Kellnerinnen, die Zimmermädchen, die Putzhilfen kamen zu niemand anderem als ihr, um sich über ihre Männer, ihre Frauen und Kinder auszuheulen oder über die Kollegen zu klagen. Sie war die Anlaufstelle, die Zuhörerin, die Ratgeberin. Ihr vertraute man. Sie selbst hatte in diesen dreißig Jahren kein einziges Mal bei andern Hilfe gesucht, nur die andern bei ihr. Man nannte sie die Prinzipalin, ein bisschen spöttisch, doch voller Respekt und bloß hintenherum. Sieht man von ihrer Lehrzeit in St. Moritz ab, musste sie sich keinen einzigen Tag vorschreiben lassen, was man zu tun und zu lassen hatte.

Sie genoss das Gefühl, ein wenig über den andern zu stehen, ohne es die Leute spüren zu lassen. Zumindest war ihr nie zu Ohren gekommen, sie würde ihre Angestellten von oben herab behandeln. Doch man musste wissen, was man will. Der *Lindenhof* war keine Kneipe wie jede andere. Man konnte in einem solchen Haus nicht nur die Freundliche spielen, auch nicht allen Gästen gegenüber. Manche benahmen sich gleich bei ihrem ersten Besuch wie alte Bekannte und kamen einem sofort mit dem Du. Andere meinten mit hanebüchenem Gemäkel den kulinarischen Experten mimen zu müssen, vor allem als man einen Stern hatte. Doch die meisten schwärmten von ihrem Haus, von seiner Atmosphäre und von seiner Küche, über alle Maßen. Sie konnte mit allem und jedem umgehen, je nach Bedarf aber auch von jetzt auf gleich ihren Ton ändern. Sie beherrschte die gesamte Palette, vom Jovialen übers Gemütliche bis zum Strengen. Es machte

Freude, die Register zu wechseln. Der *Lindenhof* war ihre Bühne.

Und dann war sie über Nacht zum Nichts geworden. In einem Alter, wo andere sich langsam zur Ruhe setzen und das Erreichte genießen. Mit zweiundsechzig musste sie wie eine Siebzehnjährige Bewerbungsschreiben aufsetzen und erniedrigende Telefonate führen, in der Hoffnung, noch irgendwo unterzukommen. Wäre sie irgendwo genommen worden, hätte sie plötzlich nach der Pfeife anderer tanzen müssen. Sie könnten doch Gesellschafterin werden!, schlug Mister Pettibone vor. Er lebte in einer anderen Welt. Wo sollte sie eine betuchte Dame finden, die beim Nachmittagstee unterhalten und in die Oper begleitet werden wollte? Um die Stelle nicht zu verlieren, hätte sie ihr am Ende noch nach dem Mund reden müssen, und das in einem Alter, wo sich die eigenen Ansichten nur mehr schwer verbergen ließen.

Andere dachten mit Anfang sechzig ans Reisen und Nichtstun. Ihr blieb nur eine nie gekannte Selbsterniedrigung. Außer ihrem Kleiderschrank besaß sie nichts mehr.

In die Schweiz gab es noch lose Verbindungen, die aber seit Jahren nicht mehr gepflegt worden waren, aus guten Gründen. Könnte sie in die Schweiz verschwinden, müsste die Scham nicht so groß sein, dachte sie. Dort begegnest du keinen alten Bekannten vom Bodensee, sagte sie sich, und zwar schon deshalb, weil die Schweiz selbst für Bessergestellte zu teuer geworden ist. Dafür hätte sie dort deutlich mehr verdient als zwischen Konstanz und Kiel. In den noblen Adressen von St. Moritz, Davos und Gstaad musste man sich als Rezeptionsdame keineswegs klein vorkommen, auch nicht in ihrem Alter. Bestenfalls, dachte sie, bekomme ich sogar eine

Stelle als Maître d'hôtel. In der Schweiz hatte sie Bruno kennengelernt, es wäre eine Rückkehr geworden. Ein großer Bogen Zeit hätte sich zu den Anfängen zurückgekrümmt. Sie hätte Bruno die Treue gehalten.

Ihr kam Herr Jockelmann in den Sinn. Mit Mitte siebzig hatte er in Sils noch ein ganzes Haus im Griff, eine Pension mit Gaststube an der Hauptstraße zwischen der Kirche am Ortseingang und dem berühmten *Waldhaus*. Mit Bruno war sie einige Male bei ihm eingekehrt, nicht des Essens wegen, sondern weil er ihnen eines Abends unter der Tür zugerufen hatte: Bitte sehr, meine Dame, Sie sind herzlich willkommen, ihr Freund muss allerdings draußen bleiben!

Er galt als Attraktion. Alle fürchteten seine Sprüche, doch keiner wollte sie verpassen. Die Leute strömten regelrecht zu ihm in die Wirtsstube. Jeder wurde drangenommen, mancher verließ mit hochrotem Kopf das Haus und wollte sich beschweren. Doch bei wem? Herr Jockelmann erkannte auf den ersten Blick, wer von seinen Gästen den Weinkenner spielte, wer seinen auf dem Parkplatz präsentierten Porsche mühsam abstottern musste, wer seine Gattin oder den Gatten insgeheim unter die Erde wünschte. Einst hatte er im Berner *Bellevue* Königin Elizabeth das Frühstück serviert, im Genfer *Beau-Rivage* Staatschefs aus aller Welt begrüßt und nach seiner Zeit in Gstaad das Rentnerdasein genossen. Sein Lebtag lang musste er Bücklinge machen, nun gab es nichts mehr für ihn zu verlieren. Arbeiten hätte er seit Jahren nicht mehr müssen, doch er wollte auch nicht die späte Freiheit missen, den Leuten endlich ins Gesicht sagen zu können, was er von ihnen hielt.

Natürlich wollte sie kein zweiter Herr Jockelmann werden, es hätte ihrem Wesen auch gar nicht entsprochen. Dass man diesen Mittsiebziger jedoch intensiver in Erinnerung behielt als alles, was einem sonst an Wirtsleuten untergekommen war, ließ Hoffnung aufkeimen.

Ihr blieb nichts anderes, als den Hörer in die Hand zu nehmen. Sie schob es hinaus, von Tag zu Tag.

Nachts hört man den Wind nicht nur, er treibt einen regelrecht im Bett hin und her. Nach einer Weile fühlt man sich von seinen Stößen wie erschöpft, ohne Schlaf zu finden. Auch wenn man ruhig daliegt, schüttelt er einen mit seinem immer neuen Gestöhn, seinen immer neuen Angriffen, seinen immer neuen Richtungswechseln.

Auf der Kreuzfahrt mit Bruno erlebten sie beide, wie das Schiff mit den Wellen mitging. Häuser dagegen scheinen den Wind jähzornig zu machen, weil sie Widerstand leisten. Legt er sich für ein paar Augenblicke, wagt man kaum aufzuatmen, da er nur Luft für neue Überfälle holt. Inzwischen traut sie sich in solchen Nächten nicht mehr hinaus.

Zwei, drei Tage nachdem sie hier war, marschierte sie, die Sandalen in der Hand, wie ein Kind barfuß am Strand zu den schrofferen Klippen hinüber, die anders als die südlichen nicht schräg abbröckeln. Um nicht zu weit ins Wasser zu geraten, klomm sie am Ufer über Felsvorsprünge, hinter denen sich kleine Buchten auswölbten, in deren Steilhänge hin und wieder Höhlen führten.

Sie merkte nicht, wie das anfangs nur leise schmatzende Wasser immer geschwinder heranschlich, näher und näher rollte und unversehens den Streifen Kies verschluckte, der eben noch einen weiten Steinwurf ins Meer hinausreichte.

Während sie sich in einer Höhle umsah, kroch das eben noch arglos wirkende Wellengekräusel wie im Nu heran und schwoll zum schäumenden Gewoge an, das mit spritzender Gischt auf die Klippen zustürmte. Sie glaubte, das Wasser würde sich so langsam voranarbeiten, dass es Stunden bräuchte, bis es am Fels hochsprang. Als sie losgelaufen war, sah alles harmlos aus, plötzlich gab es kein Ufer mehr. Auf einmal lockte gewaltiges Rauschen sie aus der Höhle, wo sie sich traumverloren in menschenferne Vorzeiten hineinphantasiert hatte.

Das Wasser schwappte bereits herein, die Flut umklatschte die Felsbänke, von denen nur mehr die Kuppen herausschauten. Jeder Rückweg war versperrt. Sie zitterte am ganzen Leib und musste sich zusammenreißen, um nicht zu heulen und zu schreien. Das Kliff stieg steil an und wölbte sich oben zur See hinaus. Längst brandete die Flut viel zu unruhig hin und her, als dass man noch durchs Wasser hätte zurückstaksen können. Ihr blieb nur, ein Stück hinauszuschwimmen, um die Felsvorsprünge mit ihren Kuppen und unsichtbar gewordenen Spalten zu umrunden. Schon auf dem Herweg hätte sie sich beim Abrutschen übers glitschige Gestein den Fuß verstauchen können, inzwischen ahnte man nicht einmal mehr, wohin man trat.

Während immer wuchtiger werdende Brecher sie gegens Kliff zu drücken drohten, konnte die Unterströmung sie beim Schwimmen ins Meer hinausspülen. Sie verstand nichts von diesen Gefahren, meinte aber zu wissen, dass die Flut nicht nur zum Land drängt, sondern beim Rückfluss alles mit sich reißt. Bei der Notfallübung zu Beginn ihrer Kreuzfahrt hatte es geheißen, draußen auf hoher See könne einem so gut wie nichts passieren, weil in Windeseile Helikopter zur Stelle seien. Gefangen zwischen Meer und Klippen, sah es ganz anders aus.

Nie war sie eine gute Schwimmerin gewesen. Um Großmutters Dorf herum gab es keine Baggerseen, und die Donau war zu dreckig zum Baden. Was also tun? Die Kleider der Flut überlassen, um leichter voranzukommen? Sich mit der nass am Leib klebenden Unterhose bei der Rückkehr nach Abydyr zum Gespött machen, gleich ein paar Tage nach ihrer Ankunft? Mit aller Kraft um Hilfe rufen, in der Hoffnung, während der ruhigeren Rückflutphasen das Traktortuckern eines Bauern im Hochland zu übertönen? Oder im hintersten Winkel der Höhle aufs eigene Ende warten?

Sie stürzte sich ins Gewoge, ließ sich immer wieder ein Stück mittreiben, in die eine wie die andere Richtung. Als erstes rissen die Wellen ihren Fotoapparat fort, der zu dem wenigen gehörte, was sie nicht am Bodensee zurückgelassen hatte. Beim Versuch, ihn zu retten, stieß sie sich den Kopf an etwas Spitzem und klemmte das linke Bein in einer unsichtbaren Furche ein. Auch die Sandalen waren verloren, und ihr Umhang schwamm davon. Doch entlang der noch herausschauenden Felsbänke konnte sie sich zur benachbarten Bucht vorarbeiten, die ein Stück tiefer ins Land reichte und einen Streifen Ufer freigab. Mit klatschnassem Rock, durchtränkter Bluse, verstauchtem Fuß und blutender Stirn hinkte sie nach Abydyr zurück, wo sie sich vor dem Ortseingang zwischen Gebüsch versteckte, bis es dunkel wurde.

Bei ihren Anrufen in der Schweiz erinnerten sich einige, dass der *Lindenhof* einmal zu den besseren Adressen gehört hatte. Anderen sagte der Name Bruno Bräuning rein gar nichts.

Den Herren und Damen, die fürs Personal zuständig waren, erklärte sie am Telefon: Ich möchte mein Hotel und mein Restaurant verpachten und würde mit meiner Erfahrung gerne noch einmal in einem so wunderbaren Haus wie dem Ihren zum allgemeinen Gelingen beitragen. Es war entsetzlich, wie gestelzt sie auf einmal daherredete und sich dabei wie jemandem zuhörte, der einem auf die Nerven ging. Doch sie fand aus diesem geschraubten Geschwätz nicht hinaus, es fielen ihr keine besseren Formulierungen ein. Sie wusste auch, woran es lag: Sie war zur Aschenputtel geworden, musste diese Wahrheit aber mit allen Mitteln verbergen.

Erst spät hatte Bruno ihr erzählt, wie wenig seine Mutter von seiner Brautwahl begeistert war. Schon bei ihr war das Wort Aschenputtel gefallen. Auch hier schloss sich ein Kreis.

Nach Andermatt wurde sie sogar eingeladen und an einem Frühlingstag mit aller Zuvorkommenheit empfangen. Sie hatte, wie seit Jahren nicht mehr, ihr kleines Schwarzes angezogen und Rouge aufgetragen. Der Personalchef hatte sie zum Mittagessen eingeladen. Beim Blick auf die weißen Gipfel versuchte sie sich einzureden, alles könne sein wie früher. Sie sah Bruno aus der Küchentür treten, ein wenig gealtert und doch noch so jung, als könnte man dort oben von vorn anfangen. Der Bodensee, stellte sie sich vor, wäre nur eine Zwischenphase gewesen, ein Traum mit schlechtem Ausgang, der wie alle Träume etwas Unwirkliches besessen hatte. Der wahre Anfang, dachte sie, wäre noch gar nicht gemacht, das Leben schien wieder vor ihr zu liegen. In ihrer Phantasie gehörte ihr das alles bereits, nicht nur das Hotel, auch die Welt drum herum. Nicht sie sollte hier Rede und Antwort stehen, die andern hatten sich nach ihr zu richten. Es war ihr Kosmos, in dem sie walten und schalten konnte, wie sie wollte. Diese andern wussten es nur nicht. Es handelte sich um ein Missverständnis. Die Rollen waren vertauscht worden, von wem auch immer, fälschlicherweise. Man müsste die Wirklichkeit nur um ein weniges zurechtrücken, und alles wäre wie einst.

Schon während der Vorspeise goss der Personalchef ihr ständig Wein nach und trank selbst nur Wasser. Er neigte seinen Kopf zur Seite und wollte ihre Geschichte hören. Sie gab sich Mühe, mit fester Stimme zu sprechen. Was sollte sie ihm erzählen? Wo anfangen? Sie hatte keine Geschichte zu erzählen, sie suchte eine Stelle. Was wollen Sie hören?, hatte sie ihn gefragt und ihre Frage sogleich bereut. Sie klang ein wenig frech. Als hätte nicht er das Gespräch zu lenken, sondern sie. Wovon keine Rede sein konnte. Sie musste sich zusammenreißen. Und trotzdem souverän wirken.

Wieder goss er ihr Wein nach, obwohl sie nur genippt hatte, und wieder neigte er seinen Kopf zur Seite. Warum stellte er keine Fragen? Einfache, konkrete Fragen. Nach ihrem Alter, nach ihren Fähigkeiten. Sie hörte sich reden. Es hätte auch jemand anderer sein können, den sie da reden hörte. Sie kam sich vor wie in der Schule. Mit zweiundsechzig. Als sei sie nie erwachsen gewesen. Was sie sich nicht anmerken lassen durfte. Du musst souverän wirken, sagte sie sich. Was sie sprach und was ihr durch den Kopf ging, waren zwei völlig auseinanderlaufende Dinge. Sie hätte auch über Gedichte reden können oder über Geschichte, ohne jeden Sinn und Verstand. Hauptsache, die Stimme versagte nicht. Hauptsache, du wirkst souverän!, sagte sie sich.

Sie sagte es sich so lange, bis ihr Rotweinglas beim zittrigen Zurückstellen über das Trüffelrisotto ihres Gegenübers kippte und die herbeigesprungenen Kellner sie beim Auswechseln der Tischdecke wie eine tatterige alte Dame behandelten, die nicht merken sollte, dass man sie für tatterig hielt. In ihrem Kopf drehte sich alles nur noch um die Frage, wie sie schnellstmöglich verschwinden könnte, ohne zuvor in einen Heulkrampf auszubrechen oder in irres Gekicher. Die ganze Zeit schon meinte sie, ein lauter werdendes Surren zu vernehmen, während die Stimmen um sie herum immer weiter wegrückten. Sie hatte Mühe, ihr Gegenüber überhaupt noch zu verstehen, und versuchte seine Lippen zu lesen. Zwischen ihr und den andern schien der Raum sich zu vergrößern und bloß noch aus einem Summen und Brummen zu bestehen, das alles ungreifbar machte.

Nicht nur in Andermatt, auch bei ihren Telefonaten spielte sie den Personalchefs ein Schmierentheater vor. Manchmal behauptete sie, fünfundfünfzig zu sein, wohl wissend, dass sie im Falle einer möglichen Einstellung als erstes ihre Papiere hätte vorlegen müssen. Dass sie aus freien Stücken eine Stelle im Servicebereich suchte, glaubte ihr ohnehin niemand, egal ob sie noch in ihren Fünfzigern war oder schon in ihren Sechzigern. Sie verstand nicht einmal die vielen Fachbegriffe, die inzwischen gang und gäbe zu sein schienen. Weder gab es im *Lindenhof* einen Restaurantmanager noch einen Commis de Rang und auch keinen Buchungskanal und keinen Kommunikationsfachmann. Sie kam von einem anderen Stern, aus einer anderen Zeit. Was Front Office bedeutete und was Reservation Agent, ließ sich zwar erahnen, doch zu Hause fühlte sie sich in dieser neuen Wörterwelt nicht.

Je länger sie mit diesem Herrn am Tisch saß, desto verstörter schaute er sie an. Er wollte es sich nicht anmerken lassen, doch man hätte blind sein müssen, um nicht sein Mitleid zu spüren und nicht sein Kopfschütteln zu sehen, das er mühsam unterdrückte.

Sie hatte früher im Büro immer eine Halbtagskraft gehabt und ihre letzte zweistündige Fortbildung gemacht, als man vom Fax auf Email umstellte und lernen musste, wie man mit Computern umging. Alle späteren Neuerungen waren an ihr vorbeigegangen. Im *Lindenhof* gingen die Uhren noch langsamer, was die Gäste zu schätzen wussten. Es gab dort wie seit Jahrhunderten einen Küchenchef und eine Hausherrin, Kellner und Oberkellner, Spüler und Putzhilfen und Lehrlinge, die man inzwischen Auszubildende nannte. Alles andere war unbekannt.

Wo würden Sie selbst sich in unserer Hierarchie sehen?, wollte der Herr in Andermatt beim Nachtisch als letztes von ihr wissen. Er war erbarmungslos sachlich, dieser Mann. Sie wunderte sich, dass er bei solchen Fragen nicht schmunzeln musste, konnte darüber aber nicht mehr nachdenken, weil sie nur noch damit beschäftigt war, alles in sich niederzuhalten, was zu einem Anfall oder zu einem Ausbruch drängte. In ihrer Phantasie sah sie schon Gestalten in weißen Kitteln auf sich zurennen, die sie auf eine Pritsche fesselten und abtransportierten. Sie klappte ihre Handtasche zu, stand auf und bedankte sich.

Gestern hat man einen Metzger ins Gefängnis gesteckt, nachdem entdeckt worden ist, dass er regelmäßig Schafe gestohlen hat, bei Nacht und Nebel. Auf die Frage, was ihn dazu gebracht habe, soll er geantwortet haben: Weil meine Mama tot ist.

Niemand redet in der Bar über diesen Vorfall, obwohl es in der Zeitung heißt, dieser Metzger sei aus Abydyr. Vielleicht kennt sie ihn vom Sehen.

Sie hat bloß mitbekommen, wie sich Gäste über einen abmontierten Briefkasten geärgert und über die Post geschimpft haben. Es sei *shocking*, haben sie gesagt. *Shocking!*

Warum brauchen sie so dringend einen Briefkasten gleich um die Ecke? Wem schreiben diese Leute, und wohin?

War sie früher wirklich eine Furie? Sie musste ein erstklassiges Haus zusammenhalten! Und was heißt schon Furie? In seiner Wut hatte Bruno ihr dieses Wort ein paar Mal an den Kopf geworfen. Auch er hatte früher seine Ausbrüche. Stille Wasser sind nicht nur still. Sie beide waren im Lauf der Jahre zahm geworden. Doch es gab Zeiten, in denen sie gehofft hatte, den Karren noch herumreißen zu können. Mit Geduld allein wäre so etwas nicht gegangen. Manche Angestellte schwätzten lieber, als dass sie schafften. Dafür wurden sie nicht bezahlt. Wo in der Welt ging es schon ruhig zu hinter den Kulissen, wenn man zu den Besten gehören wollte? In Frankreich hatte sich einst ein Koch umgebracht, weil für ein Bankett eine Lieferung Fisch nicht rechtzeitig eingetroffen war. Diese Geschichte hatte man sich in St. Moritz jeden Tag erzählt. Im Grunde bestand daraus die Ausbildung.

Jene Herrschaften, denen sie mitunter die Leviten las und

die Meinung sagte, würden sie heute nicht wiedererkennen. Gewiss gab es eine Menge Schadenfreude, als sie schließen musste. Wahrscheinlich genießt man es immer ein bisschen, wenn einer stürzt, und sei es, weil man nicht selbst betroffen ist. Natürlich gibt das niemand zu. Vielleicht spüren manche von ihrer Schadenfreude auch gar nichts. Weil sie davon nichts spüren wollen.

Sie war mit leeren Händen in den *Lindenhof* gekommen und dann dreißig Jahre lang die Herrin. Weder hatte sie eine Erbschaft eingebracht noch sonst viel vorzuweisen.

Wen hat man da wohl bestochen, damit der Kohl mit dem Chirac kommt?, hieß es seinerzeit. Der Kohl lädt seine Leute sonst doch in die Pfalz zum Saumagen ein!

Früher oder später kam ihr alles zu Ohren. Es gab auch Stimmen, die sagten: Wozu braucht man hier einen Sterneschuppen für Auswärtige?

Sind jetzt auch meine Neider versöhnt mit mir?, fragt sie sich. Und sei es durch ein Mitleid, hinter dem Genugtuung steckt?

Schaut sie aufs Meer, sieht sie am andern Ende die Grabsteine, zu denen Bruno eines Tages so schnell wie möglich pilgern wollte. Er wollte weder nach New York noch nach Kalifornien und auch nicht in die Rocky Mountains, er wollte in ein Kaff namens Rockport, in dem es einen uralten Friedhof gab am Meer. An Amerika interessierte ihn einzig und allein dieser Ort. Er hatte die Gräber in einer Illustrierten entdeckt. Die Inschriften ließen sich kaum entziffern. Hätte er den Namen Browning auf einem Grabstein gelesen, der in Neuseeland steht, wären sie nach Neuseeland geflogen. Doch dieses Grab stand in Rockport, anderthalb Fahrstunden von Boston entfernt. Es war die einzige größere Reise, die sie in ihrem Leben unternommen hatten, sieht man von ihrer Kreuzfahrt ab.

Gegen Ende seines Lebens entwickelte Bruno im Weinkeller eine reiche Phantasie. Auf einmal besaß er Vorfahren in Amerika, die zu den ersten Siedlern gehört und sich vielleicht sogar auf der Mayflower befunden hatten. Plötzlich lagen an der amerikanischen Küste Verwandte von ihm unter der Erde aus den Zeiten der Pilgerväter.

Jeder Ahnenforscher hätte sich totgelacht. Dass es auf der Welt Abertausende von Brownings gibt, von denen wahrscheinlich kein einziger mit den Bräunings vom Bodensee verwandt ist, ließ sich ihm nicht vermitteln. Browning und Bräuning! Für ihn stand der Zusammenhang fest, ohne Wenn und Aber. Er musste einem in die Augen springen! Du wirst schon sehen!, beschwor er sie wochenlang.

Zuerst dachte sie: Lass ihn spinnen, solang es nichts Schlimmeres ist. Lass ihn seinen gruftigen Irrsinn ausleben, solang man von seinen Verrücktheiten tagsüber nichts merkt. Langsam aber begann sie zu fürchten, es könnte sich um ein Delirium tremens handeln, schließlich bediente er sich seit einiger Zeit nicht mehr nur aus den Weinregalen, sondern auch aus der Grappa-Ecke.

Andererseits, warum sollte sie ihm seine fixe Idee ausreden? Man musste froh sein, dass er überhaupt wieder einen Fuß vor die Tür setzen wollte. Sie selbst konnte ihn schon lange nicht mehr aus seinem Kellerloch hervorlocken, schon gar nicht hinaus vors Haus. Und wann hatten sie beide je ein Flugzeug bestiegen? Wann das Meer gesehen, außer auf dieser Kreuzfahrt, bei der Bruno von morgens bis abends in der

Kombüse schwitzte? Sie kannten fast nur den Bodensee, auf den sie seit dreißig Jahren schauten.

Ein bisschen mochte sie an ihm sogar diesen plötzlichen Wahnsinn. Er schien Schwung in ihr Leben zu bringen, auch wenn der Grund aus nichts als Grabsteinen bestand.

Wenige Stunden nach ihrer Landung liefen sie zwischen den halb verfallenen Steinen herum, in denen Bruno seiner Ahnen ansichtig zu werden meinte. Nach der abendlichen Ankunft in Boston hatten sie am Flughafen ein Hotel genommen und gleich am nächsten Morgen den ersten Zug nach Rockport bestiegen, wo für vier Tage ein Zimmer reserviert war.

Wäre es nach ihr gegangen, hätte man einen Umweg über New York gemacht. So viel Zeit haben wir nicht, hatte Bruno gesagt. Sie konnten nicht zwei Wochen den *Lindenhof* schließen, zumindest nicht mitten im Herbst. Und deshalb bestand ihr einziges Ziel aus einem verfallenen Friedhof am Meer.

Immer hatte sie sich geschämt, zugeben zu müssen, dass sie noch nie in Amerika war. Allerdings ließ sich nach dieser Reise schwer behaupten, man kenne jetzt Amerika. Man hatte amerikanischen Boden betreten, von Amerika jedoch so gut wie nichts gesehen. Warum sie sich nicht dagegen gewehrt hatte, dass man gleich für vier Tage ein Hotel buchte in diesem Kaff, war ihr jetzt selber unbegreiflich. Wahrscheinlich dachte sie nur: Das Meer! Man hörte so viele Leute von der Ostküste schwärmen. Von der Ostküste und von Kalifornien. Alles, was dazwischenliegt, kannst du vergessen, hieß es immer.

In der Normandie hätten sich ohne Mühe ähnlich triste vorwinterliche Orte finden lassen. Bei warmem Wetter war Rockport gewiss ganz schön, doch Anfang November herrschte dort Totensonntagstimmung. Bruno fühlte sich in Rockport schon daheim, bevor sie aufgebrochen waren. Früher hatte ihn Amerika nicht im Geringsten interessiert. Früher hatte er nur gesagt: Die können nicht kochen! Doch auf einmal schien sein Leben an Sinn zu gewinnen, weil er dort drüben einen wild herbeigezauberten Urgroßonkel zu finden meinte.

Sie selbst hätte weit bessere Gründe gehabt, in Amerika nach Verwandtschaft zu suchen. Es hätte sich nicht um jahrhundertealte Leichen gehandelt, sondern um einen Vater und eine Mutter, die vielleicht noch irgendwo zwischen San Francisco und Boston herumspazierten. Nie konnte Bruno begreifen, dass sie ihre Eltern nie kennenlernen und nie herausfinden wollte, wo und ob sie noch lebten. Er wollte nicht verstehen, dass man sich für Leute, die nie für einen existiert haben, nicht interessiert. Jeder Fremde, mit dem man im Zug ein paar Sätze wechselt, ist einem näher. Man vermisst nicht, was man nie gekannt hat. Man sucht nur, was einem fehlt, hatte sie sich stets gerechtfertigt. Großmutter war ihre Mama gewesen. Grund genug, nicht nach der Mutter zu fragen. Am Ende hätte sie ihr noch das Gefühl vermittelt, es würde etwas fehlen und sie ihr nicht genügen. Und eines Tages war es zum Fragen zu spät.

Erst später drängten sich Fragen auf, die damals keine Fragen waren und aus denen sie keine Fragen machen wollte. Es waren nicht ihre Fragen, es waren die der andern. Wozu sich mit Dingen belasten, die einen nie belastet haben?

Oder mache ich mir etwas vor?, fragt sie sich manchmal.

Eigentlich bestaunt sie Mutters Mut und ihre Rücksichtslosigkeit. Was sonst brächte eine junge Frau vom Land dazu, einfach abzuhauen und das Kind bei der Großmutter zurückzulassen? Diese Gnadenlosigkeit ist zu bewundern. Die Gnadenlosigkeit einer Mutter nicht nur dem Kind gegenüber, sondern gegen sich selbst. Doch was heißt schon Mutter? Sie hatte sie ja lediglich geboren. Ihr Leiden muss weit schlimmer gewesen sein als das des Kindes, sie selbst kann sich schließlich an keine Verlustgefühle erinnern. Vielleicht war aber auch alles ganz anders.

Im Internat hatten die Nonnen ihr erzählt, dass der Mann, mit dem sie sich davongemacht hatte, ein Amerikaner war, ein Soldat aus den Barracks. Sie hatte dieses Wort gelegentlich auf Schildern gelesen, an der Autobahn oder wo auch immer. Es klang schön und ein bisschen brutal. Mutter hatte in den Barracks in der Wäscherei gearbeitet, wie man ihr später erzählte.

Sie wollte von all dem nichts wissen. Die Nonnen belästigten sie mit Geschichten, die sie nicht hören wollte. Eines Tages wurde sie zur Schwester Oberin bestellt, die in ihrer großmächtigen Leibesfülle hinter dem Schreibtisch thronte und nach einer beklemmenden Weile nahezu flüsternd zu ihr sagte: Du weißt doch, dass bei dir etwas nicht stimmt.

Sie hatte gehört, was sie sagte, und es zugleich nicht gehört. Sie war sich nicht sicher, ob dieser Satz tatsächlich aus dem Mund der Schwester Oberin gekommen war. Es hätte sich auch um eine Täuschung handeln können oder um einen Windzug, der zischelnd vorüberhuschte. Vielleicht habe ich mit offenen Augen geträumt und der Mund der Oberin hat sich bloß stumm bewegt, hatte sie überlegt. Je länger dieser Satz jedoch im Raum stand, desto größer wurde er. Er fing an zu dampfen vor Unwirklichkeit. Er entbehrte jedes Sinnes. In seiner Leere hallte etwas Schauriges nach.

Sie fühlte sich schuldig, ohne zu wissen warum. Die Schwester Oberin trug ihr auf, in den nächsten Ferien mit Großmutter über diese Dinge zu reden. Doch Großmutter schwieg sich über diese Dinge aus. Über Dinge, von denen ihre Enkelin nicht wusste, um welche es sich handelte. Natürlich ahnte sie, worum es ging, doch je mehr sie davon ahnte, desto weniger wollte sie davon wissen.

Manchmal fing Großmutter an zu weinen. Sie weinte um ihren Sohn, der auf der Krim vermisst war und im Unterschied zu seiner Schwester nie Schande über ihr Haus gebracht hatte.

In Amerika ertappte sie sich, wie sie in den Gesichtern alter Leute nach Spuren von sich selbst suchte. Es hätte sich um so gut wie alle Weißen über achtzig handeln können, vorausgesetzt, dass die beiden noch lebten.

Die meisten Grabsteine waren umgekippt oder steckten schräg in der Erde. Zwischen dem schlafenden Hafen, verlorenen Häusern und einer an der Bucht endenden Straße stapften sie an Halloween über einen matschigen, zur Bucht abfallenden Grasacker, auf dem schwarze schmucklose Steine herumstanden, ohne jede Einfriedung, ohne jede Ordnung, querbeet durcheinander, seit Jahrhunderten Stürmen und salziger Luft ausgesetzt. Bruno beugte sich zu jedem einzelnen hinab, glitt mit der Hand über die Inschriften, versuchte aus den verwitterten Buchstaben Namen herauszulesen, murmelte Wirres vor sich hin und schien Rechnungen anzustellen. Der Name Browning war nirgends zu finden.

Um nicht stundenlang frierend herumzustehen, trotteten sie durch die Gassen mit ihren gruselig geschmückten Häusern, über die riesige Spinnweben gespannt und die mit Kürbisgeistern, Totenschädeln, Drachen und Fledermäusen drapiert waren. Kein Mensch war unterwegs, der Ort wirkte nicht nur verschlafen, sondern wie ausgestorben. Hier und dort war ein Zimmer von gelbem warmem Licht erhellt, ohne dass sich etwas regte. Alles schien verschwunden. Bloß in der Hafengegend hatten zwei, drei Kneipen auf, um die herum es genauso still war wie überall.

Immer wieder kehrten sie zu den Gräbern zurück und stapften über den aufgeweichten Grasacker. Obwohl er längst alle Steine durchgegangen war, hoffte Bruno bis zuletzt, den gesuchten Browning zu finden. Als die Dämmerung vollends die Namen auslöschte, sackte er in sich zusammen, als sei die ganze Reise umsonst gewesen. Doch auf ihn warteten noch drei weitere Tage, an denen er seine Suche von morgens bis abends fortsetzen konnte.

Auf der Herfahrt waren sie in einem überfüllten Zug zwischen lauter Halloween-Gestalten in schwarzen Umhängen mit aufgedruckten Skeletten, Totenmasken und Punkfrisuren eingepfercht. Es herrschte keinerlei ausgelassene Stimmung. Sie alle schienen sich zu sammeln und wirkten seltsam nachdenklich. In Salem leerte sich der Zug bis auf den letzten Platz, die restliche Fahrt am Meer entlang hatten sie den ganzen Waggon für sich. Sie hatte sich Amerika anders vorgestellt, weniger ländlich, weniger bedrückend. Zwischen größeren Tümpeln tauchten Kleinstädte auf, deren Holzhäuser besseren Hütten glichen. Selbst die grüne Ebene sah grau aus an diesem Tag, der seit morgens nicht hell werden wollte.

Abends schauten sie in einem Café aufs dunkelnde Meer, über das der Himmel ein nächtlich leuchtendes Blau wölbte. Zum Ende des Tages präsentierte sich die Bucht in märchenhaftem Abschiedslicht.

Hier könnte man leben, murmelte Bruno im Café vor sich hin. Sie glaubte, nicht richtig zu hören. Er sagte es so leise, als sollte sie es hören und nicht hören zugleich. Er wiederholte es noch ein paar Mal, in kleineren und größeren Abständen, ohne sie anzuschauen. Vor ihr stand eine Suppe, die sie zu Hause in den Abguss geschüttet hätte. Bruno wollte diesen Brei aus Mehlschwitze, Kartoffeln und Muscheln daheim sofort auf die Speisekarte setzen.

Stundenlang waren sie im Niesel herumgelaufen und hatten an Cottages hinaufgeschaut, die mit Mühe Wind und Wetter standhielten. Ein gelb gestrichenes war zum Verkauf angeboten, unweit vom Hafen, mit kleinen Erkern und ohne Veranda. Bruno fotografierte es, von vorn und von hinten, aus allen erdenklichen Blickwinkeln. Es war ein netter Bretterverschlag mit Schindeldach, der sich windschief zur Straße neigte.

Sie hatte ein alt gewordenes Kind auf einer absurden Reise begleitet, dem man seinen Spleen gönnte. Vor dem Rückflug hatten sie sich in Boston noch die wie neu aussehende, nachgebaute Mayflower angeschaut. Vier Monate später war Bruno tot.

Sie mag die leeren Nachmittage, an denen in der Bar ein, zwei stumme Gäste sitzen, die auf nichts anderes warten als auf das langsame Vergehen der Zeit, während leise der Fernseher läuft. Sie hat sich an das ständige Geflimmer mit den ewigen

Autorennen, Fußballspielen und Werbespots gewöhnt, ohne das hier kein einziger Pub auskommt. Läuft es auf Walisisch, versteht sie nach wie vor kaum ein Wort und muss an Mister Pettibone denken, dessen eleganter englischer Singsang hier snobistisch wirken würde, zumal bei seiner hohen Stimme, mit der er diese rauen, steinigen, rollenden Laute nicht einmal nachäffen könnte, in denen sich das Wetter und die felsige Landschaft spiegeln. Aus lauter Angst, nicht zu wissen, was er hier mit ihr anfangen sollte, muss Mister Pettibone vergessen haben, dass er sie einmal besuchen wollte.

Früher gab es ständig etwas zu tun. Vor dem Frühstück ging sie den Tagesplan durch, nach dem Frühstück begann man mit der Vorbereitung des Mittagessens, nach dem Mittagessen mit der Vorbereitung des Abendessens, danach musste man wieder alles fürs Frühstück herrichten, gar nicht zu reden vom Hotelbetrieb, den stetigen Telefonaten, dem Hin und Her der Gäste mit ihren Fragen und Plagen, Reservierungen und Stornierungen. Dabei ging es bei ihnen noch gemütlich zu, zumindest nach außen hin, obwohl man versuchte, an allen Enden und Ecken Personal zu sparen. Schlimm genug, dass man am einen Tag einen Klempner, am andern einen Elektriker, am dritten den Computerfritzen brauchte, weil wieder einmal alles abgestürzt war, ganz zu schweigen von plötzlichen Krankheitsfällen, die nicht nur in der Küche schiere Panik auslösten.

Hier dagegen ist manchmal tagelang kein einziges Zimmer belegt, oder die Bar schließt bereits um acht, weil keine Gäste mehr zu erwarten sind. Mister Pettibone hatte ihr nichts Falsches versprochen. Die Tage gleichen sich wie das Meer mit seinem stärkeren und schwächeren Gewoge.

Niemand aus ihrer alten Welt weiß, dass sie hier ist. Weder hat sie eine Adresse hinterlassen noch eine Telefonnummer, noch sonst etwas, und auch keinem erzählt, wohin sie geht, auch nie eine Karte oder einen Gruß verschickt. Dass keiner weiß, was aus ihr geworden ist, lässt sie beinahe jauchzen. Am Ende bekäme sie noch Besuch, müsste als Ausflugsziel herhalten, erneut die Gastgeberin spielen und in ihre alte Rolle zurückschlüpfen, nur unter erbärmlicheren Bedingungen, zumindest in den Augen ihrer früheren Bekannten. Man würde sie beglückwünschen und neidisch aufs Meer blicken, ohne ein ungläubiges, vor Mitleid strotzendes Staunen über ihren Abstieg und über dieses Hotel verbergen zu können, mit seinen knarrenden Dielen, verwinkelten Stiegen, seiner dürftigen Bar, den schäbigen, wie vom Sperrmüll stammenden Tischen und seiner Speisekarte, die mit ihren drei, vier Eintöpfen fast vergessen lässt, dass man am Meer lebt. Dennoch könnte ihr nichts Besseres widerfahren sein.

Allenfalls ein Verrückter hätte voraussagen können, dass sie einmal in einer angestaubten Bar Eiswürfel in Whiskygläser gleiten lässt und dabei jedes Mal an Professor Todds Satz denken muss: It sounds like a jolly shiver. Als er merkte, dass sie ihn trotz ihres Nickens nicht verstand, spielte er einen Schlotternden, dem das Grinsen im Gesicht stehen blieb. Seither klingt es für sie tatsächlich wie fröhliches Frösteln, wenn die Eiswürfel ins Glas rutschen. Manchmal konnte Professor Todd einem wirklich seltsam vorkommen, was nicht nur an seinem Alter lag, in dem die meisten keine solchen Faxen mehr machen. Und jetzt bleibt er für immer weg. In diesen Tagen wird seine Asche über dem Meer verstreut. Je älter ich werde, desto kleiner wird Abydyr, hat er einmal gesagt.

Für den Gedanken, dass sie ihn mehr vermissen könnte als alles aus ihrer Vergangenheit, schämt sie sich. Manche Gedanken würde man am liebsten nicht denken, doch sie huschen einem durch den Kopf, ob man will oder nicht. Würden sie einem gar nicht erst kommen, müsste man sie auch nicht verscheuchen. Sind sie aber einmal da, lassen sie sich schwer wieder aus der Welt schaffen. Für die Nonnen begann das Böse mit Gedanken, die man nicht haben durfte. Schon damals hatte sie sich gefragt, wie man es anstellen könnte, solche Gedanken nicht zu denken, obwohl sie einem kommen. Im Grunde war Gott selbst an diesen Gedanken schuld, schließlich hatte er einen so erschaffen, wie man war, mit allem Drum und Dran. Wie oft hatte sie sich in den letzten Jahren nicht gewünscht, manche Dinge nicht denken zu müssen! Doch es geht nicht, keinen einzigen Augenblick. Selbst im Traum rattern die Gedanken weiter, und oft kann man bloß hoffen, dass sie beim Aufwachen so schnell wie möglich verwehen.

Selbstverständlich durfte man bei den Nonnen nicht Gott für die bösen Gedanken verantwortlich machen, ohne Gefahr zu laufen, sich vor dem Jüngsten Gericht dafür verantworten zu müssen und schlimmstenfalls in die Hölle zu kommen. Die Nonnen hatten behauptet, der Teufel schicke die bösen Gedanken. Womit aber nicht erklärt war, warum es einen Teufel gibt, den doch kein anderer als Gott erschaffen haben muss, da Gott alles erschaffen hat.

Es ist blödsinnig, über solche Dinge nachzudenken. Wie immer man es dreht und wendet, logischer werden sie nicht.

Ihr bleibt viel Zeit zum Denken, viel mehr als früher. Was sollte sie in den Stunden tun, wo ein paar verlorene Gäste herumsitzen, denen man alle halbe Stunde ein Pint nachschenkt, während man den Rest der Zeit auf die Fahnen draußen schaut, an denen die Flaggen lauter kleiner Länder hängen, die zwischen den großen unterzugehen drohen, von Estland über Andorra bis Wales und Montenegro. Im Halbdämmer der Bar wirkt die Welt wie ermattet.

Am Meer singen Vögel nicht, sie schreien. Kurze, scharfe Rufe in die Leere des Himmels und gegen das ewige Rauschen. Kein Zwitschern, kein Tirilieren.

Um den Bodensee herum sieht die Natur aus wie ein einziger Garten, am Meer gibt es nichts zu jäten und zu pflanzen. Wohlige Schönheit und Fülle dort, hier nackte Unendlichkeit.

Als Kind hatte Mister Pettibone beobachtet, wie ein Ziegenbock über den Klippen auf ein grasendes Schaf zurannte, ihm seine Hörner in den Hintern rammte und es in die Fluten hinabstieß.

Außer einer Handvoll Kleidern hatte sie nichts mitgenommen, gerade so viele, wie in einen Koffer passten. Brunos Bruder befahl ihr, alles dort zu lassen. Was hätte sie mit den vielen Stühlen, Tischen, Kommoden auch anfangen sollen? Und mit den Schränken voller Bettwäsche? Mister Pettibone hätte den Wert dieser Dinge im Nu überschlagen.

Sie wusste nicht viel über ihn, außer dass er bei Sotheby's Auktionator für Kunst und alte Möbel war. Man fragte die Gäste nicht nach ihrem Wohin und Woher und schon gar nicht nach ihrem Stand, Besitz und Vermögen. Allenfalls bekam man beiläufig ein paar Dinge mit. Die einen erzählten mehr, als man hören wollte, von anderen erfuhr man so gut wie nichts. Mister Pettibone war gesprächig, ohne viel preiszugeben. Vielleicht hätte sie ihn tatsächlich den Wert des Inventars schätzen lassen sollen. Nur gab es keine Gelegenheit mehr. Sie hätte ihn eigens aus London einfliegen lassen müssen.

Arno hatte ernsthaft zu ihr gesagt: Du kannst froh sein, dass ich das alles übernehme! Als müsste sie ihm dankbar sein. Was will er mit diesen Sesseln, Kommoden, Spiegeln, Lüstern, Lampen anfangen? Mit dem vielen Tafelbesteck, dem Porzellan, den Vasen, Schalen? Wie hoch hätte Mister Pettibone das alles geschätzt? Fünfzigtausend, hunderttausend, zweihunderttausend? Oder mehr? Oder ließ es sich bloß noch verramschen? Sie hatte keine Zeit, sich damit zu beschäftigen, oder, richtiger gesagt, keinen Kopf dafür. Und wollte es auch nicht. Sie wollte sich nicht am Ausverkauf ihres eigenen Hauses beteiligen und damit ihren Rauswurf beschleunigen. Kein Mensch geht freiwillig aufs Schafott.

Oder doch?

Professor Todd hatte erzählt, dass Adlige sich während der Revolution gepudert und geschminkt zur Guillotine führen ließen. Ein letzter nobler Auftritt. Er hatte sonderbare Geschichten auf Lager. Hätte sie ihn besser verstanden, wären richtige Gespräche möglich gewesen.

Genau genommen gehört ihr noch alles, die Kleider, die Schränke, der ganze *Lindenhof*. Doch Brunos Bruder hatte ernsthaft behauptet: Du kannst froh sein, dass ich das alles übernehme! Als Gegengabe für den Ruin, den ich auszubaden habe!

So hatte er dahergeredet: Den Ruin ausbaden! Fast musste sie schmunzeln. Nie hatte sie gehört, dass man einen Ruin ausbaden kann. Doch ihr war nicht mehr zum Lachen. Dass er sie aus ihrem eigenen Haus hinauswerfen würde, hätte sie sich nicht in schlimmsten Träumen ausgemalt. Brunos eigener Bruder! Dreißig Jahre hatten sie nie Streit miteinander.

Ein paar Wochen zuvor hatte er sie noch nach einem langen Abend in der Wirtschaft an den Hüften gepackt. Nicht zum ersten Mal wollte er ausprobieren, ob mehr drin sein könnte als nur ein unschuldiges Gutenachtküsschen auf die Backe. Er hatte ihr beim nächtlichen Tschüss-Sagen an der Tür auch schon in den Schritt gegriffen und ihr feuchtes Zeugs ins Ohr geflüstert. Bruno war sogar einmal danebengestanden. Was hätte er tun sollen? Entweder hatte er es nicht mitgekriegt oder nicht mitkriegen wollen. Meist ließ Arno sich dann ein paar Wochen nicht mehr blicken, um beim Wiedersehen derart übertrieben auf Normalität zu machen, dass es zum Lachen war. Nüchtern war von ihm nichts zu fürchten, besoffen kam der Möchtegern-Casanova durch. Dabei hatte sie immer den Eindruck, dass weniger der Trieb ihn trieb als der Drang, einen richtigen Mann spielen zu müssen.

Dass er gnadenlos sein konnte, wusste sie nicht. Es gab keine Anzeichen. Doch was heißt gnadenlos? Er sah sich selbst als den Geschädigten, und zwar als den einzigen. Wüsste er, wo sie ist, würde er denken: Sie gönnt sich ein sorgenfreies Leben am Meer.

HIN UND WIEDER muss in der Kindheit durchaus vom Meer die Rede gewesen sein, allein der Donau wegen, von der es hieß, sie fließe ins Meer. In ihrem Dorf war sie noch schmal, mehr breiter Bach als reißender Strom. Weil sie sich aber eines Tages ins Meer ergoss, fühlte man sich mit einer größeren Welt verbunden. Es war weit weg, dieses Meer, das man das schwarze nannte. Auch die Krim lag im Schwarzen Meer, so viel wussten sie, nur dass man sich von der Krim kein Bild machen konnte. Großmutters Sohn war auf ihr vermisst. Es muss dort ziemlich düster sein, dachte sie als Kind. Eine sonnenlose Welt. Sollte sie je vom Meer geträumt haben, dann gewiss nicht vom schwarzen.

Sie könnte nachforschen, was aus dem *Lindenhof* geworden ist, ob jemand Neues ihn übernommen hat oder ob er bis heute leer steht. Als sie aufbrach, waren die Schränke voller Bettzeug und Kleider, im Büro standen die über Jahre angehäuften Ordner, im Bad hingen Handtücher an den Haken, auf dem Spiegelbrett lagen Rasierzeug, Kosmetik, Bürsten und Spangen, auf Brunos Nachttisch seine Brille und seine Blutdrucktabletten. Nicht einmal den Kühlschrank hatte sie ausgeräumt, als ginge das Leben weiter wie immer. Vor der Tür stand die Tafel mit dem letzten Mittagsangebot, das längst der Regen abgewaschen hatte. Bis heute hat sie nicht vergessen, was es an dem Tag gab, als Bruno ins Krankenhaus eingeliefert wurde: Gaisburger Marsch, Forellenfilet auf Lauch,

Tarte Tatin 25 €. Aus Angst, damit das Ende zu besiegeln, hatte sie die Tafel nie entfernt. Solange sie dort stand, war nicht alles vorbei. Am Abend vor ihrem Aufbruch goss sie noch die Blumen.

Der Wind, hatte sie gehofft, könnte diese Bilder aus ihr hinauspeitschen, mitsamt den Erinnerungen, die sich darum ranken.

Aus Wut über den verlorenen Stern wollte Bruno das Haus in die Dorfkneipe seiner Eltern zurückverwandeln, in eine Schnitzelküche für jeden Geldbeutel. Anfangs konnte er den Verlust kaum verwinden, dann aber wollte er mit allem aufhören, wofür er berühmt war, als hätte es den Stern nie gegeben. Von heute auf morgen wollte er keine Tischtücher mehr sehen, jede Dekoration entfernen, die Speisekarte abschaffen, eine Tafel an die Wand hängen, alle Mitarbeiter kündigen und nur noch mit zwei, drei Aushilfskräften auskommen. Nackt und nüchtern sollte plötzlich alles aussehen, mit Salzstreuern und Bierkrügen, aus denen das Besteck ragt.

Er ist verrückt geworden, dachte sie, man darf solche Gedanken gar nicht erst aufkommen lassen. Als seien sie der Anfang vom Ende. Sie wollte den Stern wiederkriegen, so schnell wie möglich, gleich im nächsten Jahr, ja einen zweiten anstreben, damit noch einer bliebe, wenn erneut einer weggenommen würde. Dafür hatte man zu sorgen und für nichts anderes, statt in einem Anflug von Resignation die Krankheit des Niedergangs zu beschleunigen. Man durfte keine Zweifel an sich selbst aufkommen lassen, gerade in einer solchen Situation nicht. Sie konnte sein Dorfkneipen-Gerede nicht ertragen und wollte das Wort Bierkrug nie wieder hören.

Wozu hatte man alles mühsam aufgebaut, sich abgerackert, sich über Jahre so gut wie keinen freien Tag gegönnt? Gerade erst waren noch Kanzler Kohl und Präsident Chirac zu Gast, und nun redete Bruno von Holztischen und Ketchup. Als sollte so ihr künftiges Glück aussehen! Als wollte er sich für die Wegnahme des Sterns mit Selbstzerstörung rächen.

Man darf diesen Michelin-Herrschaften nicht noch im Nachhinein recht geben, hatte sie ihm einzubläuen versucht. Man darf sich wegen eines Rückschlags nicht gehen lassen und nicht nach einem Publikum schielen, das bloß satt werden will. Nur weil ein paar Edelkarossen weniger vor dem Haus parken! So hatte sie dahergeredet, ihn angeschrien und ihm das Maul verboten, wenn er nachts im Bett mit seinem Schnitzelgeschwätz anfing. Es waren keine einfachen Zeiten. Er muss sie als reinsten Drachen empfunden haben.

Später fing sie an zu glauben, es hätte in ihm sogar etwas auf diese Niederlage gewartet. Und sei es, um sich endlich gehen lassen zu können. Als wollte etwas in ihm sich selbst zersetzen. Wie es dann auch der Fall war.

Im Pub nebenan steht seit ein paar Wochen ein leerer Stuhl am Fenster, an dem ein Zettel klebt mit dem Namen Alwyn. Sein halbes Leben lang hat Alwyn dort täglich sein Bier getrunken, bis zuletzt. Nun bleibt der Stuhl reserviert, ausschließlich für ihn, mindestens ein Jahr lang, vielleicht auch für immer.

Muss sie nun Professor Todd auch einen Hocker reservieren? Jeden Donnerstagabend kam er in seinem abgeschürften Anzug mit den ausgefransten Ärmeln in die Bar. Wie ein Professor jedenfalls sah er nicht aus. Doch wer sieht hier schon aus wie ein Professor? Er soll ein Buch über Selbstmörder geschrieben haben, die sich in Paris während der Revolution in der Seine ertränkten. Sie hatte selten mit ihm geredet, stets nur ein paar Sätze. Meist saß er mit dem Rücken zu ihr und schaute aufs Meer hinaus in die Nacht. Bei seinen Vorlesungen soll immer ein Pint auf seinem Pult gestanden haben. Wie ein Trinker wirkte er aber auch nicht.

Gelegentlich wandte er sich um, stützte die Ellbogen auf den Tresen und fing mir nichts, dir nichts an, halb mit sich selbst, halb mit der Flaschenwand zu reden, als übte er für eine Vorlesung, obwohl er längst im Altersheim war. Sie war froh, wenn er sich nicht direkt an sie richtete, und spielte jedes Mal die Geschäftige, als müsse man dringend die Gläser umstellen, mit einem Lappen über die Tische fahren und Staub wischen. Was sollte sie mit einem Professor reden, der ein Buch über Selbstmörder geschrieben hat?

Früher hatten hier Riesen gehaust, die von den Nachfahren der Trojaner totgeschlagen wurden, hatte er einmal behauptet. Dreitausend Jahre sei das her. Was sollte sie dazu sagen? Sie hatte genickt und gelächelt.

Beim letzten Mal hatte er über zwei verschiedene Arten von Geschichte doziert und sie zwischendrin angeschaut, als erwartete er eine Antwort. Two different kinds of history!, hatte er immer wieder gesagt. Wie so oft hatte sie nicht begriffen, worum es ging. Man verstand ihn und verstand ihn nicht. Seine einzelnen Sätze hörten sich durchaus verständlich an, doch erschloss sich selten ein Zusammenhang. Meist hörte sie nur beiläufig hin und versuchte erst gar nicht mitzukommen. Doch sie konnte schlecht mit dem Spüllappen wegrennen, wenn er sie anschaute.

Glauben Sie denn, in Paris hat jeder mitkriegt, dass man die Bastille stürmt?, hatte er sie gefragt. Oder dass das jeden interessierte? Einen Kaminkehrer, der gerade Streit mit seiner Frau hatte oder dem gerade ein Kind gestorben war? Oder der nicht wusste, wie er aus seinen Schulden herauskommen sollte und jeden Tag in der Kneipe versackte, wo er das Geld versoff, das er nicht hatte?

Wie um ihm zu sagen, dass sie dazu nicht viel sagen konnte, hatte sie mit den Schultern gezuckt, aber gedacht, dass für den Kaminkehrer die Revolution gerade rechtzeitig kam. Professor Todd jedoch wollte keine Antwort hören, sondern fragte weiter: Warum lässt man sich scheiden oder Frau und Kinder sitzen? Und warum bringt man sich um? Doch nicht, weil Napoleon die Schlacht bei Waterloo verloren hat oder die Briten nicht mehr zu Europa gehören wollen!

Sie nickte und lächelte. Wie immer, wenn er solche Reden führte.

Als noch der Stern über dem Haus glänzte, kam eine Anfrage für eine Kreuzfahrt. Zwei Wochen von Bremerhaven entlang der französischen Küste nach Spanien und Portugal mit Außenkabine und Endstation Nizza. Bei Landgang habe man alle freie Zeit der Welt, es sei mehr Urlaub als Arbeit, hatte es geheißen. Bruno sollte eines der drei Bordrestaurants mit einer Speisekarte für den betuchteren Geldbeutel bestücken, den Rest würden die Filipinos erledigen. Mit ein paar Stunden Anwesenheit jeden Tag habe es sich, er müsse lediglich ein wenig nach dem Rechten schauen und die Küchenmannschaft anleiten.

Weit herum waren sie beide nie gekommen, warum also

nicht? Beim Ablegen des Schiffs war der Stern bereits weg, was die Reederei entweder nicht mitbekommen hatte oder nicht an die große Glocke hängen wollte. Im Prospekt posierte Bruno mit hoher Haube, gigantischem Kochlöffel und einer falschen Goldplakette, die man ihm beim Fotoshooting um den Hals geworfen hatte. Unter dem Bild wurde er als weltberühmter Koch angepriesen, bei dem Helmut Kohl und Jacques Chirac ein und aus gingen.

Zwei Minuten nach Betreten des Schiffs erklärte der unduldsam lächelnde Manager, man wünsche sich einen Koch zum Anfassen, einen Koch, der sich in die Töpfe schauen lasse, einen Koch, der nicht mit Tipps geize, einen Koch, der sich zu seinen Gästen an den Tisch setze, und einen Koch, der nach Dienstschluss gern ein bisschen an der Bar mit ihnen abhänge. Dabei hatte Bruno noch kein einziges Mal eine Runde durch die eigene Gaststube gedreht und noch nie an den Tischen seine Honneurs gemacht, nicht einmal auf dem Höhepunkt seiner Karriere. Es lag ihm schlichtweg nicht, und der einzige Satz, den er dazu zu sagen hatte, lautete: Komponisten stolzieren auch nicht im Konzertsaal rum, während ihre Werke aufgeführt werden!

Er war für das *Prime-Inn* auf dem Oberdeck verantwortlich, ihm zur Seite ein Dutzend Gehilfen, mit denen er sich fast nur mit Händen und Füßen verständigen konnte, da die Filipinos nicht Deutsch redeten und er kaum Englisch. Von Urlaub war auf einmal nicht mehr die Rede. Beim frühmorgendlichen Anlegen stand er immer als erster an der Reling, um sofort die ankommenden Warenlieferungen zu begutachten oder mit einem Taxi zum Markt zu fahren, wo er ein paar Sträuße Brunnenkresse oder ein paar Gramm frisch gepflückte Safranblüten zu ergattern hoffte. Von morgens bis abends stand er in seiner dampfenden Kombüse, als müsste er einer Kompanie von Rentnern beweisen, dass er immer noch zur Riege der Besten gehörte.

Weder hatte er von La Rochelle etwas gesehen noch von Lissabon und auch nichts von Barcelona, wo sie stundenlang allein durch die Gassen stapfte oder sich vom Pulk mitziehen ließ. Weil im Pauschalpreis alles inbegriffen war, strömten selbst bei Landgang ganze Hundertschaften von Hungrigen mittags und abends aufs Schiff zurück, um keine einzige Mahlzeit zu verpassen. Von früh um sechs bis nachts um zwölf stand die Fütterungsmaschinerie keine Minute still. Pausenlos wurden Kaffee und Kuchen, Salate, Süßes, Snacks und allerlei Zwischengerichte angeboten. Die Leute ergingen sich in unablässiger, unerbittlicher Sättigung, als fürchteten sie, zu viel bezahlt zu haben, solange die Schalen und Platten auf den Büffets nicht vertilgt waren.

Nicht erst nach zwei Tagen hatte Bruno das Gefühl, dass sich auf solche Schiffe bloß Versager locken ließen, egal ob es sich um Musiker, Animateure, Köche oder jene Tänzer und Sänger handelte, deren allabendliche Shows in der *Bermuda Lounge* eine Tristesse verbreiteten, die Mitleid erregte. Sie alle bewiesen ihm, dass auch er ganz unten angekommen war und kein Hahn mehr nach ihm krähte. Wenn sie beide nachts in ihrer Kajüte nur noch die Wellen und das zitterige Brummen des Schiffsmotors hörten, drehte er sich stöhnend im Bett hin und her und konnte kaum einschlafen aus Gram über seinen verlorenen Stolz. Trotzdem stand er jeden Morgen als erster an der Reling, um bei der Anlieferung jede einzelne Knoblauchknolle zu prüfen und jede Tomate.

Nur in Brest hatten sie einen gemeinsamen Abend verbracht, direkt am Hafen, in einer Bretterbude von Kneipe, auf deren groben Holztischen Bottiche mit Kartoffeln standen und Hämmer lagen, mit denen man die Hummer aufschlug. Die Schalen warf man unter den Tisch in Plastikeimer, wo sich Katzen und Hunde tummelten. Weder gab es eine Speisekarte noch eine Tafel. Wählen konnte man nur zwischen Hummern und Krebsen und bei der Vorspeise zwischen Langusten und Meeresschnecken. Das Essen war herrlich, ohne Tischdecken und jedes Etepetete, der Wein floss in Strömen aus billigen Botteln. Bruno bekam leuchtende Augen. Eine solche Kneipe wollte auch er haben. Zum ersten Mal dachte sie: Ich wäre dabei.

Solange sie aber noch auf dem Schiff weilten, wollte er ein letztes Mal sein Bestes geben, als hoffte er, dass sich unter den Gästen ein Michelin-Tester befände, der ihm den Stern zurückbrächte. Ihr selbst blieb nichts anderes, als die Stunden zwischen Sonnendeck, Pool und Pianobar mit dem Gefühl vergehen zu lassen, alles sei wunderbar. Sie versuchte, mit begeisterten Blicken durch La Rochelle und Barcelona zu schlendern, während Bruno Saucen abschmeckte und zwischen seinen Filipinos hin und her werkelte, die ihn nach Feierabend immer in ihre mannschaftseigene Karaokebar mitschleppen wollten, was er am Abschiedsabend tatsächlich mit sich machen ließ. Weil er dabei alles nachholte, was er sich zwei Wochen lang versagt hatte, verbrachte er den Flug von Nizza nach Zürich zum größten Teil auf der Toilette, sogar beim Landen. Vom Meer hatte er fast nichts gesehen und von seiner Frau noch weniger als zu Hause.

Sie selbst fand es jedes Mal am schönsten, wenn das Schiff die Häfen wieder verließ. Erst in diesen Augenblicken begann sie jene Orte zu lieben, die tagsüber in schwer erträglicher Hitze brüteten und einen zwangen, ihre berühmten Plätze zu bewundern und ihre Kirchen und Paläste. Erst wenn man sich wieder entfernte und die Lichter am Land sich auflösten in flimmernde Punkte, wuchs in ihr eine ziellose Sehnsucht, die sie mit den Tränen kämpfen ließ. Am liebsten hätte sie nur diese Abschiedsmomente erlebt und gar kein Land mehr betreten. Es hätte ihr genügt, vom Meer aufs Gestade zu blicken und sich auszumalen, wie schön es dort sein könnte. Es gab nichts Erregenderes, als beim Ablegen von einer wohligen Trauer durchrieselt zu werden, die alles umfasste, das ganze Leben, das ganze Sein, die Welt als solche. In diesen Augenblicken spürte sie, wie viel ihr fehlte, ohne sagen zu können, worin es bestand.

Ihre Träume wiederholen sich, mit leichten Abwandlungen. An einem strahlenden Tag fährt sie im Zug über grünes Land mit Schafen und Flüsschen, an deren Ufern Hausboote liegen. Plötzlich erscheint am Ende der Wiesen das glitzernde Meer. Man nähert sich der Küste, in der Ferne rücken die ersten Häuser ins Bild, der Zug gewinnt an Fahrt. Wiesen und Schafe fliegen immer schneller vorbei, so schnell, dass einem schwindlig werden könnte. Statt bei der Einfahrt in den Ort langsamer zu werden, beschleunigt der Zug mehr und mehr und rast über den Pier, wo sich nicht wie hier eine Spielhalle befindet, sondern der Bahnhof, durch den er krachend hindurchbraust und alles niederreißt, die Pfeiler, das Dach, die Rampe.

In einem früheren Traum steuerte er gar nicht erst auf den Ort zu, sondern flog sofort in hohem Bogen über die Klippen, um noch eine Weile zwischen Himmel und Meer zu schweben, bevor die Fluten ihn umfingen und in ihre Abgründe rissen.

Jedes Mal durchzuckt sie ein Anflug von Glück, bevor der Sturz in die Tiefe zum Albtraum wird. Beim erlösenden Aufschnellen im Bett weiß sie nicht, was sie sich mehr wünscht: Nie wieder von solchen Bildern heimgesucht zu werden oder diesen Flug durch die Lüfte noch möglichst oft zu erleben.

Sie möchte es nicht mehr missen, das Meer, und ebenso wenig den zornigen Wind, der nächtelang keine Ruhe gibt, auch wenn er zwischendurch eine trügerische Weile erlahmt, um Atem zu schöpfen für noch schlimmere Ausbrüche, als hoffte er stets von neuem, mit dem nächsten Anlauf endgültig alles hinwegzufegen.

Stünden am Küstenstreifen Bäume, könnten sie niemals überleben. Am Hotelportal warnt jahraus, jahrein ein Schild vor diesem Wind. Dass Gäste mit Beulen oder blutigem Gesicht nach einem Pflaster oder einem Arzt fragen, kann dieses Schild nicht verhindern. Auf dem Hochland haben Stürme kürzlich einen Kirchturm niedergerissen, hier unten gehen meist nur Fenster zu Bruch oder es fliegen vor der Promenadenbar Stühle durch die Luft. Die Straßen leeren sich sofort, wenn das Geheul und Gejaule der Elemente einsetzt.

Von Bruno geträumt. Wieder ein Schreckenstraum. Seit Jahren hat sie sich nicht mehr bei ihm gemeldet, ihn nie besucht, sich nicht mehr um ihn gekümmert, völlig den Kontakt abgebrochen. Warum auch immer. Als habe man sich nicht mehr verstanden, nur noch gestritten. Ohne sich an Gründe zu erinnern. Sie fühlte sich nicht nur unendlich schuldig, sondern innerlich zutiefst verrottet, obwohl es vielleicht sogar Bruno war, der nichts mehr mit ihr zu tun haben wollte. Sie hätte schreien, sich schlagen, sich niederknien, Gott oder wen auch immer um Verzeihung anflehen wollen. Ich muss ihn anrufen, muss zu ihm gehen, sagte sie sich, wagte diesen Schritt aber nicht, und sei es, weil der Abstand sich zum Abgrund ausgewachsen hatte. Zum ersten Mal wurde ihr bewusst, wie grausam und wie gefühllos sie sein konnte. Und das über Jahre hinweg. Es war nicht zu fassen. Nach dem Aufwachen kämpfte der Traum noch lange um sein Überleben, als beharrte er auf seiner Wahrheit. Bis jetzt wollen die Schuldgefühle nicht verschwinden.

Vielleicht vergeht die Zeit überhaupt nicht und häuft bloß Schicht auf Schicht. Vielleicht ist nie etwas vorbei. Vielleicht türmt sich alles nur auf.

Man kann sich alles aber auch anders vorstellen. Es sind Bilder, nichts als Bilder.

Möchte man, dass die Toten von oben auf uns herabschauen, wie die Nonnen zu wissen glaubten? Möchte sie von Bruno ständig beobachtet werden? Bei Großmutter hätte sie weniger Bedenken.

Hätte sie Brunos Tod verhindern können? Wahrscheinlich wäre er aus seinem Kellerloch auch nicht hervorgekrochen, wenn sie gedroht hätte, ihn zu verlassen. Doch wohin hätte sie sollen?

Auf gruselige Weise hatte es sogar etwas Gemütliches, wie er dort unten hockte. Er sah filmreif aus in seinem Korbsessel, mit übergeworfener Rossdecke, dem klapprigen Tischchen und der matten, von der Decke baumelnden Funzel, der Boden voller Zeitschriften, Bücher, Kreuzwortheftchen. Ein makabrer Spitzweg, der Weinkeller als Vorübung fürs Grab, ein Spinnwebenverlies und mönchisches Trinkerparadies. Als wollte er sich bereits ans Schummerlicht der Ewigkeit gewöhnen. Drei Jahre lang trank er sich dort Nacht für Nacht aus dem Leben hinaus.

Jeden Abend dämmerte er zwischen Tausenden von Weinflaschen vor sich hin und fing sogar das Rauchen an. Wer raucht, kann auch Fusel saufen und Dreck fressen, hatte er früher gespottet. Sein Geschwätz von gestern interessierte ihn nicht mehr. Die Tränensäcke hingen ihm immer weiter ins Gesicht hinab. Kein Wunder, dass er kaum noch das Haus verließ.

Man durfte dort unten nichts verändern, nichts aufräumen, nichts entsorgen, weder die ansteigenden Zeitungsstapel noch die überbordenden Aschenbecher. Wehe, es wäre jemand mit einem Putzkübel angerückt! Ihm war alles bloß noch lästig, auch jedes Wort, das er reden musste. Lag das Tagesgeschäft hinter ihm, wollte er nur noch in sich selbst verschwimmen.

Je mehr er innerlich erlosch, desto dunkler blitzten seine Augen, die sich in immer kleiner werdende Höhlen zurückzogen und von Brauen überwuchert wurden, die er nicht mehr stutzen ließ und die ihm etwas Wildes verliehen. Verließ er selten einmal das Haus, dann nur mit Sonnenbrille, Trenchcoat und Hut, ein bisschen wie ein Verbrecher.

Seit jeher war ihm der Gang zum Frisör zuwider. In seinen letzten Jahren musste man ihn regelrecht zwingen. Nie fand er sich hässlicher, als wenn er beim Frisör vor dem Spiegel saß, sich in seinem Sessel wie gefesselt fühlte und nicht wusste, wohin blicken. Am liebsten hätte er die Augen zugemacht, wagte es aber nicht aus Angst, für seltsam gehalten zu werden. Weder wollte er sich selbst anschauen noch die Frisöse, aber auch nicht zum Nachbarn hinüberblicken oder zur Decke hinauf. Er schämte sich für alles, für sein hilfloses Dasitzen, für seine dünnen Haare, für seine Halbglatze, für seine Unsicherheit, für seine ganze Existenz. Vor allem aber wollte er sich nicht unterhalten müssen, weder übers Wetter noch über sonst etwas, und auch keinen Kaffee angeboten bekommen, den man sowieso nicht trinken konnte, ohne die Arme derart umständlich aus der Kutte zu befreien, dass der Aufwand grotesk wirkte, gar nicht zu reden davon, dass beim Halten der Tasse die Hände zitterten und man sabberte beim Nippen.

Als er auch nicht mehr zum Frisör ging und sich bloß noch gelegentlich rasierte, kam er ihr mit seinen graumelierten Stoppeln und fransigen Haaren wie ein seltsamer Heiliger vor, der in wenigen Monaten um Jahre gealtert war. Nichts Verquollenes im Gesicht, nichts Aufgedunsenes. Die Trinkerei ließ ihn immer dünner werden und aussehen wie einen Asketen, an dem die Kleider herabhingen.

Es hatte sich um einen Abschied auf Raten gehandelt. Der Alltag funktionierte weiter, in der Küche wurde gekocht, im Restaurant saßen Gäste. Und plötzlich noch ein kleiner Aufschwung: die Reise zu den Ahnen an die amerikanische Küste. Danach war auch von ihnen keine Rede mehr. Das Thema hatte sich erledigt, wie alles andere auch.

Noch bevor er tot war, bat sie im Krankenhaus den diensthabenden Arzt, keine Spekulationen aufkommen zu lassen. Wozu sich festlegen? Wozu die Sterbepapiere mit entsetzlichen Begriffen beschweren? Wozu nach Eindeutigkeit gieren? Wozu ein ganzes Leben mit dem erschlagenden Wort Selbstmord überschatten? Als sei von Anfang an alles auf dieses Ende zugelaufen, mit schierer Notwendigkeit. Als müsste man auf einmal alles von dieser letzten Tat her begreifen. Als habe immer schon alles auf diesen Schlussakt hingewiesen.

Dass Tabletten im Spiel waren, ging niemanden etwas an. Am Ende wäre noch, für jeden sichtbar, die Polizei vor dem Haus gestanden, um in den Schubladen zu wühlen, den Arzneischrank zu durchsuchen und einen mit Fragen zu löchern, die keinen etwas angingen.

Vielleicht hätte man ihn retten können, wenn er hätte gerettet werden wollen. Vielleicht waren gar nicht die Tabletten ausschlaggebend, sondern seine Tage schlichtweg abgelaufen. Lauter Vielleicht, Vielleicht, Vielleicht. Hätte er ein anderes Leben geführt, wäre alles anders gewesen. Vielleicht konnte er aber kein anderes Leben führen. Vielleicht war auch sie an allem schuld. Nur woran?

Die Nonnen hatten behauptet, Gott kenne Anfang und Ende eines jeden. Sollte das stimmen, würde es bedeuten, man hat keinerlei Einfluss auf sein Ende und alles ist vorherbestimmt. Jegliche Frage nach Schuld und Verantwortung erübrigte sich. Sollte Gott seit je sein Ende gekannt haben, hätte er auf keine einzige Weise daran etwas ändern oder es hinausschieben können, weder durch einen gesünderen Lebenswandel noch mit eherner Willenskraft. Man dürfte dann aus einem solchen Tod auch keinen Vorwurf an die Hinterbliebenen herauslesen oder ihn als letztes Sichaufbäumen gegen eine Welt verstehen, der er sich nicht mehr gewachsen fühlte.

Sie glaubt zwar nicht, was die Nonnen gepredigt haben, in diesem Fall jedoch wäre es entlastend. Man dürfte sich wie ein bloßer Spielball im großen Kosmos der Vorsehung vorkommen. Warum die Nonnen dann allerdings noch von Sünde reden konnten, mochte verstehen, wer will.

Schwer erträglich war während Brunos Kellerjahren das Gefühl, ihm nicht mehr nah zu sein. Sie wusste nicht, was in ihm vorging, was ihn umwühlte, was er dachte. Vielleicht wusste er es selbst nicht. Er entfernte sich immer mehr, auch wenn man die Tage Seite an Seite verbrachte und wie seit Jahrzehnten das Bett teilte. Nicht einmal Feindseligkeit hatte sich zwischen ihnen eingeschlichen, es war nur Fremdheit. Eine Fremdheit, die nichts Schlimmes mit sich brachte, sich aber anfühlte wie eine Ferne, von der man ahnte, dass sie nie mehr verschwinden würde. Obwohl Bruno sein Innerstes noch nie nach außen gestülpt hatte und mit seinen Gefühlen noch nie freigebig umgegangen war, gab es zwischen ihnen immer etwas Vertrautes, das sich keinen langen Gesprächen verdankte, sondern ihrem selbstverständlichen Zusammenspiel. Der eine übernahm von Anfang an diesen, der andere jenen Part, im Hotel, im Restaurant, im Büro, in jeder Hinsicht. So hatte es sich eingependelt, so hatte man miteinander gelebt.

In der ersten sintflutartigen Nacht, die sie in Abydyr erlebt hatte, drückte ein jaulender Wind fast ihr Fenster ein. Unter ständig an- und abschwellendem Gefauche drohte er den ganzen Pier hinwegzufegen mitsamt den Häusern an der Promenade. Während die Wellen sich immer gewaltiger auftürmten und jedes Mal, wenn sie über die Ufermauern schlugen, für ein paar Augenblicke die Autos zum Verschwinden brachten, ließ er in seinem Wüten die Laternen so wild hin und her tanzen, dass sie beinahe aneinanderschlugen. Sogar dem finster aufragenden, von Blitzen immer wieder gruselig erhellten College schien die letzte Stunde zu schlagen. Vom Meer peitschte Regen seitlich aufs Land, der den Wellen und Winden in nichts nachstehen wollte.

Sie warf sich ihr Regencape übers Nachthemd, schlüpfte in ihre Sandalen, stieg die drei Stockwerke hinab zum Ausgang, kämpfte sich über die Straße, krallte sich am Küstengeländer fest und ließ die Brecher auf sich einstürzen. Die Brandung schlug ihr ins Gesicht, ihre Augen brannten, sie konnte nichts mehr sehen. Sie wusste nicht, was stärker war, ihr Wille zu überleben oder der Wille aufzugeben.

Als die Elemente sich für einige Momente beruhigten, wankte sie zitternd zurück zum Hotel, hielt jedoch inne, weil unter dem Hotelportal eine Gestalt in Hut und Mantel stand, die niemand anderer als Professor Todd sein konnte. In der Hoffnung, er habe sie nicht erkannt, drehte sie sich ab und blieb stehen, unschlüssig, ob sie vor dem nächsten Schwall zu ihm hinüber oder in eine andere Richtung rennen sollte. Als sie wegen der anrollenden Wellen nicht länger auf der Straße verharren konnte, lief sie zum Hotel, wo er auf einmal nicht mehr war. Vom einen Augenblick auf den nächsten war er wie vom Erdboden verschluckt, vollkommen unerklärlich.

Sein plötzliches Auftauchen im mitternächtlichen Sturm besaß etwas so Unwirkliches wie sein plötzliches Verschwundensein. Obwohl sie ihn mit eigenen Augen gesehen hatte, zweifelte sie an ihrem Verstand. Auch Professor Todd musste sie für nicht ganz bei Sinnen halten. Sie fürchtete, bei seinem nächsten Besuch eine Erklärung schuldig zu sein. Bestenfalls hatte er sie nicht erkannt. Allerdings hatte auch ihn etwas nach draußen getrieben in dieser Nacht.

Als er wie jeden Donnerstagabend wieder in die Bar kam, fragte sie ihn mit schlecht gespielter Unschuldsmiene: Wie geht es Ihnen? Er schien es überhört zu haben. Nachdem er sich auf seinen Hocker gehievt, seinen doppelten Whisky bestellt und genippt hatte, sagte er: Einmal Gicht, immer Gicht. Dann drehte er ihr den Rücken zu und schaute hinaus in die Nacht.

Man blickt hier nur in eine einzige Richtung, zum Meer hin, in die andere verschließen Hänge die Welt. Aber auch droben auf dem Hochland lässt sich nirgends das Geflimmer einer größeren Stadt oder eines geschäftigeren Lebens ausmachen. Auf der Fahrt von London hierher wurden die Dörfer immer rarer, und je näher man dem Meer kam, desto seltener tauchten zwischen den Wiesen noch Autos und Lastwagen auf. Die Bahnhöfe, an denen meist niemand ein- oder ausstieg, wirkten wie Denkmäler ihrer selbst und schienen allein dafür da, dem endlosen Grün ein paar bunte Tupfer hinzuzufügen. Manchmal war um sie herum kein einziges Haus zu sehen, als habe man sie nur ihrer Niedlichkeit wegen aufs freie Feld gebaut. Auch die Gräben, Büsche und Tümpel mit ihren stehenden Gewässern gaben einem das Gefühl, als existierte diese Welt nur für sich selbst, in zeitloser Gleichheit.

Abydyr dagegen vermittelt mit seinen ausgebleichten, abgeblätterten Fassaden den Eindruck, als habe es sein früheres

Glück verwirkt. Mit einem neuen Anstrich ist es hier schon lange nicht mehr getan, das alles fault von innen heraus, würde Brunos Bruder beim Anblick dieser Straßen und Häuser sagen, so wie er es vom *Lindenhof* gesagt hat.

Halb düsteres Schloss, halb gotische Kirche, kündet das College mit seinen Zinnen und Türmen von mächtigeren Zeiten. Auch die weit geschwungene Häuserfront an der Promenade erzählt mit ihren sanften blauen, gelben, rosa Farben von besseren Tagen. Lediglich der Pier, hinter dessen schäbiger Verschalung sich eine Spielhalle verbirgt, macht wenig her, obwohl er französisches Flair auszustrahlen versucht. Nachts sieht er mit seiner Lichterkette ein bisschen beeindruckend aus, tagsüber wirkt er bloß aus der Ferne imposant. Hinter ihm stiert überm Kriegerdenkmal eine mächtige Meerjungfrau hinaus auf die See. Mit ihren spitzen Brüsten, stürmischen Haaren und lüsternen Blicken drückt sie alles andere als Trauer aus.

Wie einst in Großmutters Dorf furzen auch hier nachts vereinzelte Mopeds gegen die Stille an, oder es ziehen noch ein paar Grölende um die Ecken. Einzig in der Bahnhofskneipe wogt von morgens bis abends das Leben, was nicht an Pendlern und Touristen liegt, sondern daran, dass man dort das Gefühl genießt, jederzeit abreisen zu können, ohne es tun zu müssen. Zwei Gleise gibt es nur, eins für eine alte Lok, die an den Wochenenden mit großem Gepfeife ihren Dampf ausspuckt, bevor sie übers Hochland zuckelt. Dass es einmal andere Zeiten gegeben haben muss, verrät auch die verwelkte Pracht dieses Bahnhofs, auf dessen Dach ein klumpiger, wie nicht zu Ende gebauter Turmstumpen aufragt, der ihn aus der Ferne aussehen lässt wie eine geköpfte Kirche.

Gelegentlich zieht auch sie es zum Bahnhof, von dem sie seit ihrer Ankunft nie wieder irgendwohin weggefahren ist. Sie trinkt dort einen Kaffee, kauft sich eine Zeitung, gönnt sich ein Sandwich. Auf dem Rückweg huscht sie an der hexenhaft versteckten Buchhandlung vorbei und wirft durchs Fenster einen schnellen Blick auf die Gestalt hinter der Ladentheke. Bis heute kann sie kaum glauben, dass es nicht Holger aus dem alten Nachbardorf ist. Er sieht ihm nicht nur ähnlich, er gleicht ihm aufs Haar, nur faltiger und grauer geworden. Noch immer fallen ihm die Locken auf die Schultern, auch wenn sie jetzt silbern sind und nicht mehr strohgelb. Selbst die breite Brille mit dem schwarzen Gestell, die sein halbes Gesicht ausfüllt, entspricht ihm genau, gar nicht zu reden davon, dass er wie früher ein Antiquariat führt.

Sie erschrak zu Tode, als sie ihn zum ersten Mal erblickte: ein Wiederauferstandener, ein Wiedergänger, ein Untoter. Fast hätte sie geschrien, wie eine Verrückte. Was nicht sein konnte, konnte nicht sein. Doch er stand da leibhaftig, vor diesem Laden, wie seit je mit einer Kippe zwischen den Fingern, an der er so langsam zog wie immer. Sie wollte wegrennen, stand aber wie angewachsen und konnte nicht anders, als zu ihm hinüberzustarren. Jemand musste ihn auf sie angesetzt haben, um sie wahnsinnig zu machen. Dass er kein einziges Mal die Gasse hinauf- oder hinabschaute und sie anscheinend nicht bemerkte, bewies ihr nur, dass es sich um ein abgekartetes Spiel handelte. Fluchtbereit verharrte sie an der Straßenecke und plante ihre sofortige Abreise. Bestenfalls erlaubt man sich einen makabren Scherz mit mir, dachte sie, schlimmstenfalls will mir jemand an den Kragen. Um Zufall konnte es sich nicht handeln.

Holger und seine Truppe waren die einzigen, zu denen Bruno sich je an den Tisch setzte. Maler, Schauspieler und sonstige Gestalten, die keinem normalen Beruf nachgingen und mal auf dem Weg von hier nach dort waren, mal bei Holger in der ehemaligen Klosterkelter logierten. Holger kannte Gott und die Welt, eine andere Welt allerdings, als man ihr in der getäferten Wirtsstube begegnete. Bei den meisten sah man von weitem, es waren wilde Kerle, auch wenn sie nicht mehr zu den Jüngsten gehörten. Gedämpft jedenfalls ging es im Hinterhofzimmer nie zu, das für ihn und seine Künstler reserviert war, die immer große Reden schwangen, sofort die Bude einräucherten und als einzige das Privileg genossen, dass sie anschreiben lassen konnten.

Und nun stand dieser Holger plötzlich in Abydyr, obwohl er zwei Jahre vor Bruno gestorben war, mit Mitte fünfzig, ein qualmender Schlot und barocker Trinker. Er habe bloß noch ein paar Monate zu leben, hieß es eines Tages. Ausgerechnet er. Andererseits wunderte es einen nicht. Lieber kurz und intensiv als lang und langweilig, hätte er gesagt. Selbst Bruno, der kaum noch das Haus verließ, war bei seiner Beerdigung, mit Trenchcoat, Sonnenbrille und Hut. Zum Abschied warf er ihm eine Flasche Schampus ins Grab und eine selbstgemachte Trüffelpastete.

Kundschaft sieht sie nie in seinem Laden. Entweder schaut sie ständig zur falschen Zeit vorbei, oder er steht dort tatsächlich immer allein herum. Wie schon in seiner Klosterkelter scheint man auch hier kein einziges Buch aus dem Regal ziehen zu können, ohne Gefahr zu laufen, dass alles einstürzt, so eng an eng, wie alles zusammengepfercht und übereinandergestapelt ist, bis zur Decke hinauf und in den hintersten Winkel. Betriebe er keinen Buchladen, dazu noch einen antiquarischen, könnte man ein klein wenig an Zufall glauben. Doch es passt alles, nicht nur sein Äußeres und sein Auftreten, auch das ganze Drumherum.

Sie wartete an der Ecke, bis er seine Zigarette aufgeraucht hatte. Als er dann doch noch zu ihr hinabschaute, erkannte er sie nicht.

Im Lokalblatt eine Todesanzeige. Lucy ist nur drei Jahre alt geworden. Sie wurde ermordet. Erschossen vom Nachbarn. Erst das Kleingedruckte verrät, dass es sich um eine Hündin handelt. Mit Bitte um Blumenspenden.

Auch darüber spricht keiner, zumindest nicht in der Bar. Dafür geht es nach wie vor um den verschwundenen Briefkasten. Immer noch findet man es *shocking*, dass die Post ihn über Nacht abmontiert hat, obwohl der nächste sich erst am Bahnhof befindet.

Während über dem *Lindenhof* der Stern strahlte, war Bruno auch noch zum Nachwuchskoch des Jahres gewählt worden, obwohl er mit Anfang vierzig nicht mehr der Jüngste war. Hochglanzmagazine hatten ganze Fotostrecken mit ihm und seinen Kreationen herausgebracht: Schnecken in Zitronenschaum, Brennesselsuppe, Hirschleber mit geschmorten Aprikosen, Kalbsbries auf Zwiebelmus und rote Schokoladenmousse, alles in leuchtenden Bildern, mit lachenden Gesichtern und dem sommerlich glänzenden See im Hintergrund.

Beim jährlichen *Feinschmecker*-Empfang in Frankfurt hieß es in der Laudatio, er habe die Landküche neu erfunden und ihr eine nie gekannte Luftigkeit verliehen. Er musste eine Dankesrede halten, keine lange, zumindest nicht länger als fünf Minuten, hatte man ihm zu Beginn der Veranstaltung gesagt. Hätte er das früher gewusst, wäre er niemals nach Frankfurt gefahren. Am liebsten wäre er sofort wieder abgereist. Noch nie hatte er eine Rede gehalten, und nun stand er vor Aberhunderten von Leuten. Fliehen konnte er nicht mehr. Während der Eröffnungsrede sackte er neben ihr zu einem Häuflein Elend zusammen. Als sie versuchte, ihm ein paar passende Sätze ins Ohr zu flüstern, boxte er sie in die Rippen, voller Angst, alle Augen könnten sich auf ihn richten. Sie kam sich vor wie eine Mutter, für die man sich schämt. Alles, was sie tat, war falsch. Ihre bloße Anwesenheit schien ihm unerträglich, ihre ganze Existenz. Sie machte ihn noch kleiner, als er sich ohnehin fühlte. Beinahe wäre ihm die Hand ausgerutscht, als sie ihm vor seinem Gang auf die Bühne die Krawatte zurechtrücken wollte.

Weil er als erster an die Reihe kam, konnte er sich bei keinem Vorredner die eine oder andere Formulierung entlehnen. Von der Lobrede auf ihn hatte er vor Nervosität so gut wie nichts mitbekommen, doch unterm Tisch ließ er sich immerhin eine Serviette zuschieben, auf der sie ihm ein paar Stichworte notiert hatte: Freude, Ehre, Ansporn, Dank. Als er im Scheinwerferlicht vor seinem nackten Mikrophon stand und sich nicht einmal an einem Rednerpult festhalten konnte, wagte er weder, die Serviette aus der Tasche zu ziehen, noch fiel ihm sonst etwas ein. Abwechselnd schaute er an sich selbst hinab und zur Decke hoch, langsam nach oben, langsam nach unten, als gelte es jeden Blick ins Publikum zu vermeiden. Weil er kein einziges Wort sagte, wurde es immer stiller im Saal, so still, dass sie sich an die heilige Wandlung während des Hochamts erinnert fühlte. Am liebsten wäre sie ihm zu Hilfe geeilt, nicht nur um ihn selbst, sondern auch das Publikum zu erlösen. Zugleich bewunderte sie sein Durchhaltevermögen. Jeder andere hätte diese Spannung überhaupt nicht ausgehalten. Es tat sich nichts, die Welt stand still, mit Bruno im Mittelpunkt. Auf einmal aber fing sein Mund an, sich zu öffnen, und er trat einen halben Schritt näher ans Mikrophon, so nah, dass seine Nase darauf stieß und durch den Saal ein ohrenbetäubendes Krachen dröhnte, weshalb er, heillos erschrocken, sofort wieder zurückwich und bei seinem fluchtartigen Abgang rief: Ich danke!

Um ihn noch im Rampenlicht umarmen zu können, rannte Arno auf die Bühne, schwang den Arm um ihn, griff nach seiner Hand und geleitete ihn hinab in den Saal, während ein Herr den beiden hinterherrannte und Bruno unter schallendem Gelächter die Plakette über den Kopf warf.

Bruno war der Star des Abends. Man liebte ihn für diesen Auftritt, hielt ihn für einen Clown, für einen Komiker, für einen zweiten Buster Keaton. Den ganzen Abend wurde er von Journalisten, Starköchen, Fernsehgesichtern und weiß Gott wem umlagert. Sie alle schüttelten ihm die Hand, klopften ihm auf die Schulter, zückten ihre Kärtchen und drückten sie ihm in die Brusttasche. Er saß nickend da und trank, ein Glas nach dem andern. Je heftiger er umgarnt wurde, desto mehr schien er zu schrumpfen, so sehr, dass gar nicht auffiel, wie er stundenlang kein einziges Wort sagte und sich so gut wie nicht rührte. Aus Angst, der Weg zur Toilette könnte zum Spießrutenlauf werden, verließ er kein einziges Mal seinen Platz. Er stand erst auf, als nach Mitternacht die Tische abgeräumt wurden und außer ihnen keine Gäste mehr zu sehen waren. Beim ersten Schritt an die frische Luft kippte er um. Erst im grellen Licht des Hotellifts fiel ihr auf, dass an seiner Hose nasse Streifen hinabliefen.

Der *Lindenhof* war damals immer auf Wochen ausgebucht, sowohl das Hotel wie die Gaststube. Fernsehteams standen vor der Tür, Kanzler Kohl kehrte mit Jacques Chirac bei ihnen ein, Verleger bedrängten Bruno, Kochbücher zu schreiben, ein Feinkostkonzern wollte sogar Suppen, Gewürzmischungen und Fertiggerichte mit seinem Namen auf den Markt bringen. Sie selbst war vor allem damit beschäftigt, ihn abzuschotten. Man stockte das Personal auf, erhöhte die Preise und führte zwei Ruhetage ein, um des Trubels Herr zu werden und die Überstunden der Köche, Kellner, Küchenhilfen, Theken- und Putzmannschaft im Rahmen zu halten.

Zehn Jahre später konnte man sich kaum noch vorstellen, dass es einmal solche Zeiten gegeben hatte. Zwar konnte man auch später selten über fehlende Kundschaft klagen, musste die Preise jedoch wieder ans Übliche anpassen und die Menükarte mit Angeboten bestücken, die auch Passanten anzogen, denen es nur um ein schnelles Essen ging. Der zahlungskräftigeren Klientel wollte man das Gefühl vermitteln, dass nichts sich verändert hatte, zugleich aber Leute mit kleinerem Geldbeutel anlocken. Man ließ sich nicht mehr zweimal pro Woche vom Pariser Fischmarkt beliefern und verkleinerte die Weinkarte, auf der sich immer weniger Gewächse fanden, bei deren Namen solventen Kennern wollüstige Stöhner entfuhren. In den besseren Zeiten hatte Bruno sich geweigert, Gästewünschen nachzukommen, die seine Kochkunst beleidigten, nun tischte man alles auf, was der Kunde verlangte, selbst

Ketchup. Nach wie vor war der *Lindenhof* für seine tadellose Küche bekannt, nur dass immer seltener Gäste von fernher anreisten und wenige ihnen so treu blieben wie Mister Pettibone, der auf seinem alljährlichen Weg nach Zürich bis zuletzt bei ihnen einkehrte.

Früher waren sie noch gelegentlich zu Kollegen nach Basel, Zürich oder ins Elsass gefahren, die sie aus St. Moritzer Zeiten kannten. Nachdem der Stern weg war, glaubte Bruno, nicht mehr dazuzugehören. Leutselig war er nie gewesen, doch mit dem Stigma des Deklassierten wollte er sich öffentlich nicht mehr blicken lassen. Am meisten ärgerte ihn, dass er den Stern nicht von sich aus zurückgegeben hatte, was immer mehr Köche machten. Spektakulärer konnte man kaum Aufsehen erregen und besser nicht für sich werben. Man wurde mit Sympathie überschüttet, mehr denn je rannten einem die Leute die Bude ein.

Nur die wenigsten wussten, dass man einen Stern überhaupt nicht zurückgeben kann und es sich um Häuser handelte, die davon ausgehen mussten, dass sie im nächsten Michelin-Führer herabgestuft würden. Entweder hat man einen Stern oder man hat keinen. Sowenig bei der Vergabe über dem Portal ein Stern an die Fassade geschraubt wurde, sowenig konnte man ihn abmontieren. Man kann sich das Leben nehmen, sich aber nicht einen Stern wegnehmen, hatte Bruno über solche Blender immer gehöhnt, die mit ihrer medienwirksamen Blufferei bloß ihrer bevorstehenden Degradierung zuvorkommen wollten.

Weil solche Rückgabemärchen aber alle glaubten und ahnungslose Journalisten die verlogene Nummer zur Heldentat aufbauschten, hatte Bruno sich rot und blau geärgert, weil er selbst nicht rechtzeitig auf diesen Karren aufgesprungen war. War der Stern erst einmal weg, war es zu spät. Hätte er sich gesputet, hieße es bis heute voller Hochachtung: Das ist doch dieser Koch, der freiwillig seinen Stern zurückgegeben hat! Man hätte ihn für seine Kühnheit gerühmt und neue Kundschaft gewonnen, die über das affige Sternentheater die Nase rümpft und trotzdem nicht in billigen Schuppen verkehrt. Doch so stand man wie abgestraft da und galt als Verlierer. Von heute auf morgen schien die Küche schlecht geworden zu sein, schlechter sogar als zu Zeiten, in denen noch von keinem Stern die Rede war.

Bruno hätte diese Michelin-Typen umbringen können, die sich bei ihm inkognito mit Kaviar und Hummer vollstopften und zum Dank seine Existenz vernichteten. Zum ersten Mal flogen Pfannen durch die Küche wie einst bei seinem Chef in St. Moritz. Und wie bei ihm hörte man sein Geschrei bis in die Gaststube. Monatelang war die Stimmung miserabel wie noch nie. Man erkannte ihn kaum wieder.

Zum ersten Mal spürte man seinen Ehrgeiz. Ihr gefiel diese Wut. Sie zeigte, er wollte kämpfen, es allen beweisen, den Stern zurückhaben.

Wenn die Möwen sich überm Meer vom Wind treiben lassen, sind sie nicht voneinander zu unterscheiden. Man würde nicht merken, wenn plötzlich eine fehlte. Vielleicht würden es selbst die Möwen nicht merken. Sie wäre einfach weg, nichts würde sich ändern, niemand würde denken: Nun ist es eine weniger. Nur wenn sie Junge hätte, würde jemand den Verlust spüren.

Ändert sich je etwas am Ganzen? Am Gang der Welt als solcher?

Führen Gedanken ein bodenloses Eigenleben? Ganz anders als die Wirklichkeit, die ist, wie sie ist, und nicht mir nichts, dir nichts in eine andere Richtung springen und alles ganz anders aussehen lassen kann? Was wäre, wenn wir nicht denken würden? Würden wir die gleichen Dinge treiben, nur halt nichts denken? Vielleicht hätte sie doch gelegentlich mit Professor Todd ein Gespräch führen sollen.

Eines Tages hatte Großmutter aus einer Schuhschachtel Fotos gezogen und sie zerrissen. Das bin ich nicht, hatte sie behauptet. Weil sie sich die Fotos auch nicht wegnehmen ließ, kam es zum Gefecht. Sie kippte vom Stuhl, lag am Boden, rührte sich nicht mehr.

Ich habe sie umgebracht, dachte sie damals, mit neun oder zehn Jahren. Im Bruchteil einer Sekunde war sie zur Mörderin geworden, konnte aber nichts mehr ändern, wegen ein paar läppischer Fotos. Sie hatte den einzigen Menschen umgebracht, der für sie da war und alles für sie tat.

Bis heute vergehen keine vier Wochen, in denen diese Bilder nicht an ihr vorüberziehen. Ihr ganzes Leben wäre anders verlaufen, hätte Großmutter nicht nach ein paar unendlich langen Augenblicken angefangen zu wimmern. Es war das erlösendste Wimmern der Welt.

Mit diesen Fotos hatte alles begonnen. Statt Großmutter niederzustoßen, hätte man über ihren Unsinn lachen können. Doch sie ertrug es nicht, dass Großmutter diese Bilder zerriss. Hätte man ihre einsetzende Wirrnis vor den andern verbergen können, dann hätte man sie nicht mit zehn Jahren zu den Nonnen gebracht. Großmutters Wirrnis war nicht schlimm, es war bloß kurios, wenn ihr der Name des Pfarrers nicht mehr einfiel oder sie ins Abwaschwasser Terpentin schüttete statt Spülmittel. Und deshalb steckte man sie ins Internat, anderthalb Fahrstunden entfernt in den oberschwäbischen Mooren. Drei Mal am Tag musste man dort in die Kirche gehen und abends vor dem Schlafen durch ein kaltes Wasserbecken waten.

Auf einmal lag sie in einem Schlafsaal mit sechzig anderen um sich herum. Nachts betete sie zu Gott, er möge Großmutter wieder klar werden lassen im Kopf, damit sie zu ihr zurückkönnte. Sie wollte die schnarchende Großmutter neben sich haben, die im Bett eher saß als lag, mit drei drallen, aufrechtstehenden Kissen im Rücken und einer aufgebauschten Decke, die sich so mächtig über ihren Leib wölbte, dass man das Ende der Bettlade nicht sah.

Im Internat gab es keinen einzigen Schlupfwinkel, in den man sich hätte verkriechen können. Mit sich allein war sie dort nur auf ihren Gängen über die Felder zu den Teichen im Ried, wo sie fürchtete, sich im Schilf zu verirren und im Moor einzusinken. Gleichzeitig mochte sie diese Orte, durch die leise der Wind strich, sich sonst aber fast nichts rührte. Hin und wieder vernahm man ein Gurgeln, oder aus den schwarzgrünen Wasserteppichen blubberte eine Blase hoch, manchmal erspähte man auch einen Frosch. Lediglich die Libellen sorgten für ein wenig Leben in dieser nahezu reglosen Welt mit ihrem seit Jahrhunderten währenden Stillstand.

Weit und breit sichtete man nur einen einzigen Weiler, der aus vier, fünf Bauernhäusern bestand, vor deren Schäferhunden sie sich fürchtete. An einem Stall hing ein kolossales, vom Boden bis zum Dach reichendes Kreuz mit einem Jesus, aus dessen Dornenkrone eine Feder ragte, die ihn zu einem Indianer machte. Zwischen dem stechend riechenden Silo, verrotteten Bauwagen, Wellblechhütten und verdreckten Planen, die überall herumlagen, türmten sich Traktorreifen, auf denen manchmal ein Gockel thronte, der auf seine Hühner hinabkrähte.

Hinterm Klosterfriedhof erstreckten sich Erikafelder, deren eintöniges Violett die Grabesatmosphäre ins Endlose ausweitete, sommers wie winters. Ein paar Mal am Tag kündigte am offenen Bahnübergang müdes Gebimmel einen Zug an, der durch die Talsenke huschte und im Wald verschwand. Sonst hörte man oft wochenlang nichts als das Aufheulen einer Kreissäge oder das Muhen von Kühen. Es war so still, dass einen im Herbst sogar Blätter aufschreckten, die über Feldwege tanzten und sich wie Verfolger anhörten. In ihren ersten Wochen lief sie täglich zu den Schienen, um das Gefühl zu genießen, jederzeit abreisen zu können. Doch wohin hätte sie gehen sollen?

Weil man bei Föhn vom Schlafsaal aus die Alpen sah, stiegen Jahre später sofort Erinnerungen ans Internat hoch, als Bruno sie zum ersten Mal mit zu sich nach Hause nahm. Als sie dort wieder die Alpen sah, dachte sie: Hier willst du nicht dein Leben verbringen! Die Alpen waren für sie nicht einfach die Alpen, sie erweckten die Nonnen zum Leben.

Eines Tages teilte die Schwester Oberin ihr mit, ihre Großmutter sei tot. Man hatte es ihr erst nach der Beerdigung gesagt. Warum, weiß sie bis heute nicht. Vielleicht, um ihr nicht frei geben und die Fahrt bezahlen zu müssen. Oder weil man nicht wusste, wo man sie dort unterbringen sollte. Großmutter hatte ihre letzten beiden Jahre in einem Heim verbracht.

Die Schwester Oberin überreichte ihr ein Bündel Briefe, die sie an Großmutter geschrieben hatte. Alle waren geöffnet, kein einziger war abgeschickt worden. Solche Dinge schreibt man nicht, erklärte die Nonne. Nichts als Lügen übers Internat seien darin zu lesen. Ein andermal hatte sie zu ihr gesagt: Heimweh geht vorbei.

Bei Brunos Beerdigung gab ihr der Blick auf den Sarg ins Grab hinab das Gefühl, er sei bereits viel weiter weg als bloß ein paar Armlängen. Gleichzeitig war er unwirklich nah.

Sie hatte die ganze Zeit ihre schwarzen Handschuhe zwischen den Fingern, ohne sie überzuziehen. Als machte man das so. Wie um sich an etwas festzuhalten. Oder dachte sie, es sieht gut aus? So ernst wie beiläufig und auch ein bisschen lässig?

Man überhäuft im Nachhinein so vieles mit Gedanken, die einem nicht kamen, als die Dinge sich ereigneten.

Auf den Gassen lagen noch überall Konfetti, Scherben und Flaschen. Überm Wasserspeier des Brunnes hingen Fetzen eines Hexenrocks. Es fielen ein paar verlorene Schneeflocken, als schüttelte der Himmel die hängen gebliebenen Reste vom Winter aus.

Mit Großmutter fuhr sie jedes Jahr zwei, drei Mal in die Stadt, um neue Schuhe, ein neues Kleid oder einen neuen Topf für die Küche zu kaufen. Nur dort und auf Wallfahrten hatte man etwas von der Welt gesehen, in Lourdes sogar im Hotel übernachtet. Ging es nach Einsiedeln oder Altötting, bestieg man in aller Früh den Bus mit nichts als einer Handtasche, in der das Gesangbuch, der Rosenkranz und eine Thermoskanne steckten, und abends war man wieder daheim. Der Rest bestand aus Arbeit und aus Sonntagen, Hochämtern und Maiandachten, Fronleichnamsprozessionen und Allerheiligen.

Zu wirr und zu gebrechlich, um mit Bussen und Zügen noch drei, vier Mal umsteigen zu können, war Großmutter nicht mehr imstande, sie auch nur ein einziges Mal im Internat zu besuchen. Anfangs schrieb sie Briefe in Sütterlin, mit Kringeln und Häkchen, die sich schwer entziffern ließen. Bald aber kamen auch keine Briefe mehr. Ihre Konfusion wurde schlimmer, sie war im Heim so gut wie eingesperrt. Für Leute wie sie kippte man dort jeden Abend die Holzbeigen um, damit sie jeden Morgen von neuem anfangen konnten, sie wiederaufzubauen, jahraus, jahrein.

Als sie beide früher mit dem Leiterwagen zur Müllhalde hinausgezogen waren und beim morschen Steg an der Donau eine Pause eingelegt hatten, schaute Großmutter ihr beim Herumhüpfen zu und rief jedes Mal: Lass mich nicht hier sitzen und sterben.

Sie mochte diesen Steg, über den man nicht mehr gehen konnte. Das Bild auf ihrem Nachttisch zeigte einen Schutzengel, der ein Kind, das ihn nicht bemerkte, über einen solchen Steg führte. Bis heute kommt es ihr vor, als würden Dinge erst schön, wenn sie ein wenig zerfallen oder in die Jahre gekommen sind, so wie die Gräber auf dem Friedhof am Meer. Oder wie alte Leute. Und sei es, weil ihr Anblick einen glauben lässt, dass sie keinem mehr etwas tun können.

Nie wieder wollte sie in diese Internatsgegend zurück, brachte dann aber mehr als ihr halbes Leben dort zu. Überall meinte sie die frühere Klosterluft zu riechen, nicht bloß bei den Fronleichnamsprozessionen. Die Leute redeten wie dort, die Bildstöckchen, Feldkreuze und Kapellen erinnerten daran und auch die Sommerhitze, in der die Dörfer vor sich hin brüten und kein Wind sich rührt. Bei ihrem ersten Besuch im *Lindenhof* kam ihr sogar der Gedanke, sich von Bruno zu trennen, sollte er die Wirtschaft seiner Eltern übernehmen. Seiner Mutter zuliebe kam für ihn aber nichts anderes infrage, außerdem musste man zu Hause keine Pacht zahlen. Im Übrigen waren sie beide schon sieben Jahre zusammen, zu lange, um einfach Adieu zu sagen. Abgesehen von der unangenehmen Klosternähe gab es keinerlei Gründe, alles zu beenden.

Sie hätten in St. Moritz bleiben können, wo Bruno es bereits zum Souschef gebracht hatte und sie selbst mit ihrer Arbeit auch nicht unzufrieden war. St. Moritz bedeutete Hautevolee. Inzwischen hört man diesen Ausdruck kaum noch, sowenig wie das Wort Playboy. Allerdings leuchtete ihr nie ein, warum es so viele Reiche nach St. Moritz zog, in eine Welt aus grauem, sich himmelhoch auftürmendem Gestein, das nicht nur an trüben Tagen Beklemmung erregte. Sie fühlte sich dort wie eingeschlossen und sehnte sich nach Weiten, die nicht aus Steinmassen bestanden. Am liebsten mochte sie die nächtliche Stille mit der klaren Luft und den tausendfach blitzenden Sternen. Auf die Tage hätte sie oft verzichten können, zumindest wenn Wolken ins Tal hingen und Nebelfetzen an den Felsen entlangkrochen.

Gleich nach ihrer Ankunft hatte sie sich im hinteren Hotelhof aufs Gemäuer gesetzt, die Ellbogen in die Knie gedrückt und das Gesicht in die Hand gestützt, mit einer Miene, die Langeweile ausstrahlen sollte. Immer wenn ihr etwas unvertraut war, versuchte sie gelangweilt dreinzublicken. Halb abschätzig, halb missmutig habe sie auf ihn herabgeschaut, hatte Bruno später behauptet, dabei sei es ein herrlicher Tag gewesen mit einem wolkenlosen Himmel. Einen roten Rock habe sie angehabt und eine weiße Bluse. Sie selbst konnte sich daran sowenig erinnern wie an seinen Satz: Man fühlt sich hier wie in Ferien. Sie wusste nur, dass er Müllsäcke hinter sich herschleppte, ihr kurz zunickte und sich nochmals zu ihr umschaute, bevor er wieder auf der Kellertreppe verschwand.

Alle hatten dort behauptet, man fühlte sich wie in Ferien. Doch es stimmte nicht. Sie jedenfalls hätte lieber woanders Ferien gemacht und nicht die ganze Zeit auf Berge geblickt, die einen zur Ameise erniedrigten und einem in ihrer Großmächtigkeit ständig zu sagen schienen: Schau her, wie riesig wir sind!

Schon auf der Fahrt dorthin kam wenig Ferienstimmung auf. Je höher der Zug sich in diese Felswelten hineinschlängelte, desto mehr überkam sie das Gefühl, gefangen zu sein und Atemnot zu kriegen. Auch die Himmelsausschnitte konnten keine Zuflucht bieten. Am liebsten wäre sie umgekehrt, nur gab es seit Großmutters Tod keinerlei Zufluchtsort mehr. Sie musste dankbar sein, dass die Nonnen ihr einen Platz in St. Moritz vermittelt hatten. Die meisten hätten sich glücklich gepriesen, dort sein zu dürfen. Wenn du in St. Moritz eine Ausbildung machst, nimmt man dich auf der ganzen Welt mit Handkuss, hatten alle ihr prophezeit.

Eines Morgens wurde Bruno ans Telefon gerufen, am anderen Ende seine Mutter. Der Vater war tot umgefallen. Herzinfarkt. Beim Leichenschmaus stellte die Mutter klar, dass Bruno so schnell wie möglich die Wirtschaft übernehmen musste.

Saß sie abends mit Gästen zusammen, flackerte in ihm manchmal eine groteske Eifersucht auf. Er hätte sich dazusetzen können, wollte es aber nie. Bald kommt wieder dein Mister Pettibone, stichelte er jedes Jahr, wenn es auf Ostern zuging. Besser hätte er ein Auge auf seinen Bruder geworfen. Nie hatte sie ihm erzählt, wie schnell unterm Tisch Arnos Hände an Frauenschenkeln hochfuhren, wenn ein Glas zu viel im Spiel war.

Warum hatte sie nie mit ihm darüber geredet? Wusste er es? Spielte es keine Rolle? Alle zwei Jahre hatte Arno eine andere, falls es überhaupt zwei Jahre dauerte. Oft kam er auch allein. Was bei ihm immer gut lief, war die Kanzlei. Wie hätte sie gegen ihn prozessieren können?

Beim Bahnhof gibt es eine Metzgerei, hinter deren Theke meist eine massige Gestalt steht, breitbeinig und wie kampfbereit. Würde so einer nachts ins Hochland fahren, den Kleinlaster am Feldweg abstellen und auf den Wiesen Schafe stehlen? Macht man so etwas, weil das Geschäft schlecht läuft, oder weil ein innerer Zwang einen dazu treibt? Die tote Mutter kann nicht wirklich der Grund sein.

Anfangs hat sie die hiesigen Polizisten für Feuerwehrleute gehalten, wegen ihrer Helme. Manche tragen auch Melonen oder Käppis mit Banderolen. Ein bisschen wie Fasching. Was Respekt keineswegs ausschließt.

Hat man den Metzger in flagranti erwischt? Gern würde

sie wissen, wie es sich in der Haut eines solchen Menschen anfühlt. Vielleicht würde man staunen, auch über das eigene Leben, weil es vermutlich ganz anders wäre und so fremd, wie ihr anfangs die walisischen Ortsnamen vorkamen.

Bei aller Bewunderung für Brunos Kochkünste ging es bei Arno nie ohne eine Spur von Spott. Was bereits damit anfing, dass er ihn nie Bruno nannte, sondern nur Brunzi. So war es seit der Kindheit, und so blieb es bis zum Schluss. Hei Brunzi, begrüßte er ihn durch die Küchentür, tschüss Brunzi!, schallte es durch den Flur, wenn er das Haus wieder verließ. Bruno wusste nicht, wann sein Bruder angefangen hatte, ihn Brunzi zu nennen. Schließlich gehörte es zum Herrenrecht des Älteren, ihn umzutaufen. Man wird doch wohl noch ein bisschen Spaß vertragen, hätte Arno sich kopfschüttelnd empört, wenn man bei solchen Sachen humorlos gewesen wäre.

Solange der Stern über dem Haus strahlte, scharwenzelte Arno gerne zwischen den Gästen umher und betonte, dass der Koch sein Bruder sei. Allerdings machte Bruno in Arnos Augen viel zu wenig aus seinem Erfolg. In der Küche mochte er ein Künstler sein, als Geschäftsmann war er für ihn eine Niete. Aus Arnos Sicht hätte er ein Imperium aufbauen, im Fernsehen auftreten und eine Marke mit seinem Namen auf den Markt bringen müssen. Du könntest Millionen machen, redete er auf ihn ein, dir ein Schloss auf Ibiza kaufen, dich nach ein paar Jahren zur Ruhe setzen und deine Läden von Angestellten schmeißen lassen! Am liebsten hätte er sich zu seinem Manager gemacht und ihn groß herausgebracht. Man kann den Hund nicht zum Jagen tragen, stöhnte er, fassungslos über so viel fehlende Willenskraft.

Damit war natürlich auch sie gemeint. Sie hätte mehr Dampf machen und wissen müssen, dass Bruno einen Tritt in den Arsch brauchte, wie Arno sich ausdrückte. Tausend Mal hatte er ihr das gesagt. Und sie war sogar seiner Meinung. Sie trat ihm auch in den Arsch, allerdings nicht in Arnos Anwesenheit. Dass Bruno für ein munteres Fernsehgeschnatter nicht geschaffen war, hätte Arno wissen müssen, doch was den Rest betraf, konnte sie ihm schlecht widersprechen. Jahrelang hatte Bruno das Gefühl, dass sie zu sehr auf Arnos Seite stand.

Dabei nahm der *Lindenhof* ausgerechnet zu seinen besten Zeiten am allerwenigsten ein. Mit einer normalen Kneipe ließ sich viel leichter Geld verdienen als mit einem Restaurant, das seine Ware vom Pariser Fischmarkt bezog und in der Küche Leute brauchte, die nicht bloß Schnitzel klopfen konnten. Ihr Haus ächzte unter den gewaltigen Kosten, die täglich anfielen. Für einen Familienbetrieb schossen sie in astronomische Höhen, zumal in den Jahren, als man unter besonderer Beobachtung der Gourmetwelt stand. Allein im Keller mussten Aberhunderte großer Gewächse vorrätig sein, die sich kaum bezahlen ließen. Wie hätte man unter solchen Umständen ein Zweitlokal eröffnen und in sonstige Expansionsvorhaben investieren können?

Bruno fühlte sich durch diesen ganzen Sternerummel ohnehin überfordert. Schließlich musste man jeden Tag damit rechnen, dass irgendein Herr Siebeck im Restaurant saß, der ein winziges Haar in der Suppe fand und in seiner nächsten Gastro-Kolumne zum Vernichtungsschlag ausholte. Nichts durfte mehr schiefgehen, einen schlechten Tag durfte es nicht geben, jeder Teller, der die Küche verließ, musste so vollkommen sein wie alle andern auch. Locker jedenfalls ging es nicht mehr zu.

Wäre Bruno Küchenchef in einem Grandhotel gewesen, die Eigentümer hätten ihm jeden Wunsch von den Augen abgelesen und ihm tausend Dinge ermöglicht, wenn sie dem Ruf des Hauses gedient hätten. Doch in einer so komfortablen Lage befand man sich nicht. Ein keineswegs kleiner Teil der Hoteleinnahmen floss ohnedies immerfort in die Küche, andernfalls hätte man das Restaurant schließen oder in eine Knorrsoßenkneipe zurückverwandeln müssen, wie Brunos Eltern sie betrieben hatten. Gewollt hätte man vieles, doch man konnte es sich nicht leisten.

Zuweilen ist ihr, als sei sie mit Bruno nie zusammen gewesen. Manchmal entschwindet er so weit, als hätten sie beide nie Seite an Seite gelebt. Er besteht dann nur noch aus einer Hülle, die eine Haube trägt und eine Schürze. Viel mehr sieht sie nicht mehr.

Vielleicht existieren verschiedene Welten nebeneinander. Vielleicht bildet sie sich nur ein, dass sie am Bodensee gelebt hat.

Warum kommen einem solche Gedanken? Sie besitzen etwas Befreiendes, obwohl nicht klar ist, worin dieses Befreiende besteht.

Zuweilen kommt es ihr auch so vor, als sei die Zeit in St. Moritz realer gewesen als die danach, zumindest was einzelne Momente angeht. Zum Beispiel der Abend, als er nachts zum ersten Mal bei ihr blieb. Sie saßen in ihrer Dachkammer und schauten auf die nächtlichen, vom Mondlicht gespenstisch erhellten Gipfel. Redselig war Bruno nie gewesen und forsch ohnehin nicht. Doch sie wollte nicht nur mit ihm herumsitzen und warten, bis mehr passiert. Vermutlich hatte er wieder einmal von seinem Chef erzählt, der regelmäßig Pfannen durch die Küche fliegen ließ. Sie kannte diese Geschichten, jeder im Haus kannte sie. Um Bruno aus der Reserve zu locken, hatte sie einen kurzen Rock angezogen und eine fast durchsichtige Bluse, die zur Jahreszeit überhaupt nicht passte. Sie rekelte sich auf dem Bett, was nichts nützte.

Schließlich fasste sie ihn an der Hand und zog ihn zu sich heran. Solange die Initiative nicht von ihr ausging, fürchtete er, alles falsch zu machen. Plötzlich aber kniete er sich vor sie hin und wollte ihr die Schuhe ausziehen. Weder versuchte er, sie zu umarmen und zu küssen, noch, sie zu streicheln. Stattdessen machte er sich an ihren Schnürsenkeln zu schaffen, als müsste man ordentlich von unten anfangen und als erstes die Schuhe ablegen. Nur wollten die Knoten nicht aufgehen. Ratlos schaute er hoch zu ihr. Es ging einfach nicht. Seinem Blick nach zu schließen, hätte er am liebsten für immer resigniert.

Im ersten Morgenlicht schlich er sich in sein Zimmer, um kein Gerede aufkommen zu lassen.

An manchen Tagen vermisst sie immer noch, dass er nicht mit ihr aufs gleiche Meer blickt und auf den gleichen Himmel.

Dabei hatten sie beide schon lange nicht mehr das Gleiche erlebt, trotz der vertrauten Wände um sich herum und trotz des gemeinsamen Betts. Ihm hätte wahrscheinlich eine Frau genügt, die einfach da war, aber wenig von ihm wollte. Das Leben neben ihm war keineswegs unangenehm. Natürlich dachte sie manchmal daran, zu gehen. Doch wohin? Sie hatte ja nichts. Und wo wäre es besser gewesen? Vielleicht hätten Kinder nicht geschadet.

Am Ende hatte er sich davongeschlichen, ganz anders, als man es üblicherweise macht, doch wie von langer Hand geplant, ohne dass er selbst vermutlich wusste, worauf seine Fluchten in den Keller hinausliefen.

Geblieben ist ihr von St. Moritz das winterliche Abendlicht mit seinen satten, über dem Tal glühenden Farben, die nächtlich schimmernden Berge, das eisige Firmament mit seinem Gefunkel und das tagelange, nicht enden wollende Schneien mit seinen fetten, bräunlichen Flocken, bei dem die Angst aufkam, von der Welt abgeschnitten und unter einer weißen Decke begraben zu werden. Schon beim Aufstehen freute sie sich auf die abendliche Rückkehr in ihre Kammer. In hellen Nächten wirkte diese Welt viel weiter als am Tag, aber auch ein wenig schaurig mit ihren in ein jenseitiges Licht getauchten Schneeriesen. Etwas Vorzeitliches wehte einen dann an, etwas Fernes, wo noch kein Menschenauge sich gefragt hatte, welcher Sinn sich hinter dem allem verbarg.

Wie oft musste sie nicht miterleben, wie ältere Paare in nimmermüder Ausführlichkeit ihre ersten Begegnungen schilderten und ihre Zuhörer zwangen, jeden Blick, den sie sich damals zuwarfen, jeden Satz, den sie zueinander sagten, jede Kleinigkeit mit ihnen nachzuerleben. Sie selbst konnte weder mit wochenlangem Herzklopfen noch mit schlaflosen Nächten aufwarten, und dass Bruno vor ihr hinkniete, den Knoten aber nicht aufbekam, wollte sie nicht zum Besten geben.

Sie mochte ihn von Anfang an, mehr als jeden andern, und

sei es wegen seiner leisen Scheu. Sicherlich hatte sie ihn sogar geliebt, ohne zu wissen, wo wahre Liebe beginnt und bloßes Mögen endet. Jedenfalls hatten sie sich sofort gut vertragen, wie auch später noch, mal mehr, mal weniger, wie es die Tage eben mit sich brachten. Sie war froh, jemanden um sich zu haben, mit dem man sich vertraut fühlte und den man bestens zu kennen meinte, auch wenn er wenig redete. Seine Treue besaß etwas so Selbstverständliches, dass man gar nicht von Treue reden musste. Man gehörte zusammen, durch die Arbeit und überhaupt, auch in Zeiten, die ihn von ihr wegrückten. Wenn er trank, mochte sie an ihm sogar ein wenig das Abwesende und Verlorene. Gleichzeitig widerte es sie an. Beides zugleich, mal mehr das eine, mal mehr das andere. Bisweilen ärgerte sie am meisten, dass ihre Gefühle immer uneindeutiger wurden. Früher war das anders. Es kämpft sich leichter, wenn Klarheit herrscht im Innern.

Als nebenan im Städtchen noch Tourneetheater im ausrangierten Kino gastierten, logierten bei ihnen regelmäßig berühmte Schauspieler. Derrick gehörte dazu, dessen richtigen Namen sie sich nie merken konnte, und Marianne Sägebrecht, die man eigentlich nur aus einem einzigen Film kannte, und auch Gert Fröbe, vor dem man sich hätte fürchten können, wenn hinter seinem dämonischen Gesicht nicht ein Gemütsmensch hervorgeschaut und er nicht einen Witz nach dem anderen gerissen hätte. Sie alle und noch Dutzend weitere hatten Autogrammkarten hinterlassen. Nachmittags schleppte man ihnen die Koffer aufs Zimmer, abends zwängte man sich in der besten Garderobe in die roten Plüschsessel des alten Kinos, danach servierte man ihnen ein Menü.

Arno konnte nicht begreifen, dass man ihre Autogrammkarten nicht im Restaurant aufhängte, damit jeder sehen konnte, wer im *Lindenhof* alles verkehrte. Wir sind keine Kneipe, wo man sich vor Stolz bläht, weil einmal ein abgetakelter Schlagerstar am Tresen gehockt ist, wehrte sich Bruno.

Hätte Bruno ein bisschen mehr von Arnos trompetigem Wesen besessen, wäre es nicht so weit gekommen, wie es am Ende kam. Arno hätte sich niemals jede Nacht im Keller den Rest gegeben. Hätte man die beiden gekreuzt, wäre eine Mischung aus Kochkünstler und Marktschreier herausgekommen. Nur wäre sie dann mit Bruno wahrscheinlich nicht zusammen gewesen. Dennoch hätte sie Bruno vielleicht drohen sollen, ihn zu verlassen. Vielleicht war sie zu nachgiebig geworden und selbst schuld, dass es so geendet hatte.

Bis zuletzt wusste außer dem Finanzamt und der Bank niemand, dass die Ausgaben die Einnahmen überstiegen und die Mitarbeiter oft bloß mit Mühe bezahlt werden konnten. Es blieb kaum etwas übrig für die Instandhaltung, an Renovierung war nicht zu denken. Mal überschwemmte die lecke Spülmaschine die Küche, mal funktionierte die Lüftungsanlage nicht mehr, mal gab der Brenner seinen Geist auf. Seit Jahren hätte das Dach erneuert werden müssen, gar nicht zu reden von den klopfenden Heizkörpern und den Zimmern, die längst nicht mehr jetzigen Standards entsprachen. Nach außen konnte man den Schein wahren, innerlich war alles am Verrotten. Doch man konnte nicht einfach die Preise erhöhen. An allen Ecken und Enden stieß man an Grenzen. Zwar stand im Hof ihr nicht mehr ganz neues Cabrio und es hingen Kleider im Schrank, in denen man sich sehen lassen konnte, aber das war es auch schon.

Die Fassade ließ wenig zu wünschen übrig, auch mit den Klagen über klopfende Heizungen und lecke Wasserhähne hätte man noch eine Weile leben können, wären die Handwerker nicht allmählich mit ihrer Geduld am Ende gewesen. Schon lange hätten sie am liebsten die Wände und Böden aufgerissen, um nicht alle paar Wochen antanzen zu müssen und bloß kosmetisch herumschrauben zu dürfen.

MANCHMAL meint man beim Blick übers Meer zu sehen, wie die Erde sich wölbt. Wusste Großmutter überhaupt, dass die Welt eine Kugel ist? Andererseits, was hätte es geändert? Fürs Auge wölbt der Himmel sich über die Erde, zumindest auf den ersten Blick. Und auf den zweiten auch. Eigentlich immer. Großmutter hat geglaubt, dass Gott all das gemacht hat, mit eigenen Händen, zuerst das Wasser, dann den Himmel drüber. Hätte sich an ihrem Leben etwas geändert, wenn dieser Glaube zusammengebrochen wäre? Spielt es eine Rolle, ob wir uns die Welt als einen Teller vorstellen oder als Kugel?

Die Chinesen, hat sie einmal gelesen, sollen sich das Universum quadratisch vorgestellt haben. So etwas käme ihr nie in den Sinn.

Alle paar Jahre musste sie Bruno die Krawatte binden. Er trug sie nur, wenn es sich nicht anders machen ließ, zuletzt beim Besuch von Kohl und Chirac. Krawatte hieß für ihn Erstkommunion und Baden-Baden. Von der Erstkommunion gab es ein gezacktes Schwarzweißfoto, auf dem er stoisch ins Auge der Kamera blickt, ohne dass er verbergen konnte, welche Mühe es kostet, für die Ewigkeit posieren zu müssen. Nach Baden-Baden waren sie zu einem Sterne-Empfang ins *Brenners* geladen, wo Bruno der Zugang zum Restaurant verwehrt wurde, weil er keinen Smoking mit Fliege trug. Die Kollegen gaben sich entrüstet, der Chef des Hauses entschuldigte sich tausend Mal, doch Vorschrift war Vorschrift. Man konnte sich auch keinen Smoking mehr ausleihen, zumindest nicht samstagabends, wogegen Bruno sich ohnehin gewehrt hätte. Sie ließen sich ihr Gepäck bringen, zum Bahnhof fahren, bestiegen den nächsten Zug und mussten in Basel ein Hotel nehmen, weil die letzte Bahn an den Bodensee schon weg war.

In seinen letzten Monaten wechselte Bruno oft tagelang die Küchenschürze nicht mehr. Sie stand vor Dreck. Er ist nicht mehr mein Mann, dachte sie oft. Anfangs fing sie wegen solcher Nachlässigkeiten noch Streit an. Doch man hätte auch ein Nichts anbellen können.

Wo es keinen Ausweg mehr gibt, gibt es auch nichts mehr zu reden, schien er sich zu sagen. Man konnte nicht noch weitere Mitarbeiter kündigen und weitere Opfer bringen, trotzdem musste das Geschäft weitergehen. Und es ging auch weiter.

Immer wieder kam ihr damals der Bibelsatz in den Sinn: Ihr sollt Freude haben an eurem Tun! Wenige Sätze waren ihr aus der Zeit bei den Nonnen geblieben wie dieser, was vielleicht daran lag, dass er sich aus deren Mund merkwürdig ausnahm, zumal er weder aus Verboten bestand noch aus Geboten. Im Grunde passte dieser Satz nicht zu ihnen, er widersprach ihrem ganzen Habit, ihrem Schleier, ihrer Haube, ihrem Kreuz auf der Brust.

Auf fast mönchische Weise war Bruno sogar schöner geworden, seit er kaum noch etwas aß und jede Nacht trank. Er hatte etwas Entrücktes an sich. Man hätte das alles leichter ertragen können, wären nicht immer häufiger Rechnungen, Pfändungsandrohungen und Bankvorladungen ins Haus geschneit, die in der Schublade verschwanden, weil keine weiteren Kredite genehmigt wurden. Dennoch hätte sie sich niemals vorstellen können, dass von jetzt auf gleich alles aus sein würde. Immer würden sie in diesem Haus leben, bis an ihr Ende, hatte sie geglaubt. Sie hätten sich in den hinteren Wohntrakt zurückziehen können und Hotel und Restaurant verpachten. Doch sie dachten nie ans Aufhören.

Dass sie nicht mehr die Jüngsten waren, ging ihnen erstmals richtig auf, als ihr nicht viel älterer Hausarzt von heute auf morgen starb. Drei Tage zuvor saß er noch bei ihnen in der Stube und trank wie immer seinen Château Margaux, von dem bis heute zwei Dutzend Flaschen im Keller liegen müssten, Jahrgang 78. Bei jedem Schluck hatte er mit ausgiebigem Gegurgel und Geschmatze von ihm geschwärmt, als probierte er ihn zum ersten Mal. Es war die reinste Schallplatte, doch man hörte sie gern. Morgens um acht musste man ihn dekantieren, damit er abends um acht seine ganze Eleganz entfalten und sein öliges Rubin zum Leuchten kommen konnte. Stets musste am Tag vor seinen Besuchen eine seiner Praxisgehilfinnen anrufen, um ans rechtzeitige Dekantieren zu erinnern, unter ausdrücklichem Hinweis, dass der Herr Doktor andernfalls das Lokal wieder verlasse. Immer mussten die Damen dabei ein bisschen kichern, als sei es ihnen peinlich oder nicht wirklich ernst gemeint. Worin sie sich täuschten.

Auf einmal hatten sie beide keinen Arzt mehr, wollten aber auch keinen neuen, gar zwanzig Jahre jüngeren. Immerhin musste er nicht mehr miterleben, auf welche Weise Bruno sich davonmachte.

Immer wieder vergisst sie, dass sie ihn zu manchen Zeiten am liebsten verlassen hätte. Wer sich mir nichts, dir nichts davonmacht, um den kann man nicht nur liebevoll trauern. Man würde es gerne, empfindet einen solchen Abgang aber als Angriff. Als sei man selbst schuld an diesem Ende. Am liebsten hätte sie ihn geschlagen, ihm links und rechts eine runtergehauen, so lang, bis ihm Hören und Sehen verging. Nicht gleich im Krankenhaus, doch bald danach, als es nicht mehr möglich war.

Immer wieder vergisst sie auch, dass sie manchmal durchaus hatte wissen wollen, wer und wo ihre Eltern waren. Sie wollte sich nicht für sie interessieren, tat es aber, zumindest zu gewissen Zeiten. Auf ihrer Reise war es zu spät. Oder es hätte zu viel Mühe gekostet. Sie mochte diese Dinge nicht mehr aufwühlen, es ließ sich ohne sie gut leben. Ihr gefiel nur nicht, wenn andere ihr einreden wollten, dass man sich damit beschäftigen sollte.

Sie will sich auch nicht mehr daran erinnern, dass sie Brunos Sauferei als beleidigend empfand. Hätte er nicht stattdessen mit ihr etwas unternehmen können? Und sei es nur fernsehen. Auch hatte sie jahrelang darunter gelitten, dass er neben ihr im Bett lag wie ein Brett, das nicht angefasst werden wollte und für alles zu müde war.

Als es eines Tages in St. Moritz hieß, einer von den Kochlehrlingen komme nicht mehr, hatte sich für sie die Atmosphäre des ganzen Hauses verändert, obwohl alles weiterging wie immer. Weil er irgendeinen Blödsinn begangen hatte, war er hinausgeworfen worden. Sie kannte ihn kaum, er war auch noch nicht lange da gewesen. Trotzdem kam ihr auf einmal nichts mehr selbstverständlich vor, weder die Arbeit, noch dass sie selbst dort war, noch dass es all diese Leute um sie herum gab. Obwohl er für sie nie eine Rolle gespielt hatte, schaute sie auf einmal sich selbst ganz anders zu, beim Reinigen der Zimmer, beim Treppensteigen, beim Zubettgehen, beim Blick in den Nachthimmel. Sie erlebte die Tage mit anderen Augen. Mit ein bisschen mehr Angst und ein bisschen mehr Dankbarbarkeit. Ohne sonderlich an ihn zu denken, war er ihr durch sein Wegsein plötzlich näher als früher. Es fehlte etwas, ohne dass dieser Junge selbst ihr fehlte. Es kam ihr vor, als wäre das Haus stiller geworden, wovon in Wirklichkeit keine Rede sein konnte. Selbst das Licht draußen schien verändert, sogar die Vögel schienen anders zu singen, ein wenig verhaltener, auch wenn nirgends Trauer herrschte. Gestern noch hatte dieser Junge ganz selbstverständlich dazugehört, auf einmal war er wie aus der Welt verschwunden. So vollkommen, als sei er tot.

Bestimmt hatte auch sie ihn bald schon vergessen. Sie könnte nicht einmal sagen, wie er aussah, ob schwarz oder blond, groß oder klein, hübsch oder weniger hübsch. Dreißig, vierzig Jahre lang hatte sie keinen einzigen Gedanken an ihn verloren, nun kommt ihr wieder sein Verschwinden in den Sinn. Vielleicht erwartete sie damals, dass die Welt einen Augenblick innehält.

Als Bruno drei Tage lang im Krankenhaus lag, wollte sie ständig an seiner Seite bleiben, Tag und Nacht. Doch es gelang ihr nicht. Er konnte nicht mehr reden. Oder wollte nicht mehr. Wie weggedämmert lag er da und rührte sich kaum noch. Machte er die Augen auf, drehte er sie wie erschrocken weg.

Manchmal schaute er sie aber auch flehentlich an. Immer wieder hielt sie seine Hand, beugte sich über ihn und fragte leise: Was machst du bloß? Nur diese eine, einzige Frage: Was machst du bloß?

Sie sollte nicht nach einem Vorwurf klingen, sondern ihn zurückholen. Als könnte man noch einmal von vorn beginnen, mit neuem Anlauf nach schlimmster Katastrophe.

Am zweiten Tag setzte sanfter Regen ein, der anhielt bis in die Nacht. Das eintönige Getröpfel hörte sich bedrückend an und beruhigend zugleich. Aus den Gassen wehten immer wieder Schellengeräusche, Guggenmusik und Gejohle herüber.

Wenn er ein wenig wacher war, schaute er wie entgeistert umher. Ein paar Mal blieb sein Blick am Kruzifix hängen. Tröstlich schien es auf ihn nicht zu wirken.

Am dritten Tag legte eine Schwester Zitronenstäbchen auf den Nachttisch, mit denen sie ihm den ausgetrockneten Mund befeuchten konnte. Gierig lutschte er an ihnen.

Als er starb, war sie nicht da. Und wie zum Spott schien nach drei grauen Tagen die Sonne. Auch bei Großmutters Sterben war sie nicht dabei. Beide ließ sie am Ende allein. Bei Großmutter verhinderten es die Nonnen, bei Bruno war es ihre eigene Schuld.

Sie musste sich hin und wieder die Füße vertreten, ums Karree gehen, sich am Automaten einen Kaffee holen. Nie war sie lange weg gewesen, allenfalls zehn, zwanzig Minuten, stets mit schlechtem Gewissen. Kam sie zurück von ihren kurzen Gängen, meinte sie an ihm eine winzige Unruhe wahrzunehmen. Niemals könnte ich mir verzeihen, im letzten Augenblick nicht bei ihm gewesen zu sein, hatte sie sich die ganze Zeit gesagt. Schließlich konnte es nichts Elenderes geben, als beim letzten Abschied mutterseelenallein gehen zu müssen. Als sagte es alles über das Leben.

Sie zog ihm die Augenlider herab und drückte so selbstverständlich, als hätte sie es schon oft gemacht, seine Kinnlade hoch. Sie tat es nicht, weil man es so machte, sondern um seine Zähne nicht mehr sehen zu müssen. Plötzlich waren sie zum Inbild des Schreckens geworden, obwohl es keine anderen Zähne waren als noch eben zuvor. Doch auf einmal schienen es nicht mehr seine eigenen zu sein, sondern die des Todes selbst.

Dann blieb sie bei ihm sitzen, ohne jemanden zu rufen. Wenigstens wollte sie mit ihm noch eine gemeinsame Abenddämmerung erleben.

Am liebsten hätte sie die Tür abgeschlossen und niemanden mehr hereingelassen. Wie aus weiter Ferne hörte man auf dem Flur manchmal Schritte, bei deren Näherkommen sie jedes Mal fürchtete, sie würden die Stille zwischen ihr und dem Toten zerstören. Vielleicht spürt er, dass ich noch da bin, dachte sie. Ihr kamen weder Tränen, noch musste sie schluchzen. Sie saß einfach da, ruhig und gefasst. Die kleinste Bewegung, das geringste Rucken auf dem Stuhl, jedes Räuspern nahm sich auf einmal so furchtbar laut aus, dass sie sich nicht zu rühren wagte.

Wie lange sie dort saß, weiß sie nicht. Irgendwann klopfte es, und da merkte sie erst, wie Nacht es um sie beide geworden war, so Nacht, dass der Tote im Dunkeln wie verschwunden wirkte.

Auf dem Nachhausweg die gleichen Kulissen wie immer, mittelalterliche Giebel, Fachwerk, die Kirche, aus den Kneipen Bumbum wie seit Tagen, überall Saublasen auf der Straße, Besoffene, Maskierte, Konfetti. Ein Pulk von Hexen umzingelte sie und grapschte an ihr herum, an den Brüsten, im Gesicht, am Hintern. Sie schlug um sich, kreischte, spuckte. Blöde Kuh, riefen sie ihr nach.

Beim Anblick der Hexenzinken schoss ihr der Gedanke durch den Kopf, dass nun bloß noch eine dieser beiden Nasen durch die Welt lief. Nur daran ließ sich erkennen, dass sie Brüder waren.

Um zur Straße kein zu Licht machen, setzte sie sich ins hintere Hofzimmer, dorthin, wo die Holger-Leute immer hockten, die Schauspieler, Künstler, Maler, lauter Gestalten, die man nicht in die gute Stube hätte lassen können, wo die meisten Gäste im Flüsterton miteinander redeten und sich beinahe schämten, wenn ihr Besteck auf den Tellern klapperte. So geschwind, wie die Holger-Truppe ihre Kippen herauszog, so laut, wie sie lärmte, so säuisch, wie es bei ihr nach einer halben Stunde auf den Tischen aussah, hätte es drüben nicht nur Klagen gehagelt, man hätte um die Lizenz fürchten müssen. Bruno saß immer schweigend unter ihnen und ließ sich feiern. Manchmal hätte man meinen können, sie führten nur ihm zuliebe dieses Theater auf, als Dank für Speis und Trank. Jedes Mal zauberte er ihnen ein paar Überraschungen hervor, die nicht auf der Karte standen. Und die auch nie bezahlt wurden.

Holger ließ meistens anschreiben, und wenn es auf die Verjährung zuging, karrte er ein Gemälde von dem berühmten Grützke an, der gelegentlich auch in dieser Runde saß. Bald hingen von ihm ein Dutzend Bilder im Hinterzimmer, mit drallen, prallen, vom Leben gezeichneten Gestalten. Binnen kurzem fielen immer häufiger Leute ins Haus, die nicht zum Essen kamen, sondern das Grützke-Zimmer besichtigen wollten, wie es bald bloß noch genannt wurde. Als jüngstes kam ein Breitwandgemälde hinzu, das aufs Letzte Abendmahl anspielte, ein Gelage mit einem ermatteten, in sich zusammengesunkenen Bruno in der Mitte, umfangen von einem angedeuteten Heiligenschein, vor ihm ein zerdellter Kelch, um ihn herum Krüge schwenkende, schwankende, mampfende Holger-Apostel mit einem Hund, der auf dem Tisch seine Schnauze in eine Schüssel steckte, in der Ecke ein grinsender Keiler mit teuflischen Hauern und Borsten.

Anfangs zögerte sie, das Gemälde aufzuhängen, aus Angst, am Ende könnte von Gotteslästerung die Rede sein. Dann aber hatte sie es aus Angst aufgehängt, dass Holger und seine Leute nie wieder kämen, ließe man es im Keller verschwinden. Man wusste bei diesen Bildern nie, ob sie böse gemeint waren oder das Leben feierten. Schön konnte man ihre Gestalten nicht finden, hässlich waren sie aber auch nicht. Man mochte sie, obwohl es einen ein bisschen grauste vor ihnen.

Umringt von diesen Grützke-Figuren schaute sie im Dunkeln auf den nächtlichen Hof hinaus mit seinen im Wind schaukelnden Ästen, die eine Laterne in fahles Licht tauchte. Immer noch grölten auf den Gassen Besoffene, was sich ausnahm wie ein letztes Aufbegehren gegen die übermächtige Stille. Als auch von ihnen nichts mehr zu hören war, setzte im aufkommenden Morgen erneut Regen ein. Sie öffnete einen Spalt weit das Fenster und lauschte dem Tröpfeln.

Ihr geht der ermordete Hund nach. Und sei es, weil sie sich fragt, ob man einen Hund ermorden kann. Wer einen Hund ermordet, kann vermutlich trotzdem noch in den Himmel kommen, zumindest wenn er sonst nicht viel Böses getan hat.

Auf Noahs Arche durften alle Tiere überleben. Gott nahm sie so wichtig wie die Menschen.

Wie konnten so viele Tiere, die sich sonst sofort an den Kragen gingen, auf so engem Raum miteinander auskommen? Katzen und Hunde? Kein einziges hatte sich ins Meer gestürzt, sei es auf der Flucht, sei es aus Verzweiflung. Spürten sie, dass man sich in Gefahr in Ruhe lassen musste? Saßen sie abends alle auf Deck und schauten friedlich in die untergehende Sonne?

Die meisten würden wahrscheinlich behaupten, Arno sei ein Charmeur. So erlebt man ihn in aller Regel. Als einen Möchtegern-Verführer, zu bieder für einen Casanova, zu teigig für einen Draufgänger. Das Kokettieren kommt bei ihm erst nach zwei Gläsern in Gang, davor wirkt es ungeschickt. Am liebsten hätte sie zu ihm manchmal gesagt: Solange du deine Fingernägel in aller Öffentlichkeit mit den Zähnen stutzt, brauchst du gar nicht anfangen zu flirten.

Vor allem aber wollte er die Oberhand behalten, mal mit Charme, mal mit Rücksichtslosigkeit, je nach dem, was die Situation verlangte.

Vielleicht tue ich ihm unrecht, denkt sie inzwischen. Für sie zeigt sich alles vom Ende her.

Nie wird sie den Tag vergessen, an dem sie mit ihm zum ersten Mal an einer Bar saß, er drei oder vier Hocker weiter weg. Ständig zwinkerte er zu ihr herüber, mit einem Nicken, in dem alles Mögliche stecken konnte: Zustimmung zur Wahl seines Bruders, Verbrüderung, schiere Anmache. Vielleicht wollte er wissen, ob sie mit sich spielen lässt und wie sie Blicke erwidert.

Draußen glitt ein Heer weißer Segel vorbei, unwirklich langsam wie in Zeitlupe, im Hintergrund die Schneedächer der Alpen. Dieser Fleck sollte ihre neue Heimat werden, und sie würde sogar einem Anwesen vorstehen, von dem sie nie zu träumen gewagt hätte, mit Angestellten, die zwanzig, dreißig Jahre älter waren und dort jeden kannten.

Willst du hier wirklich dein Leben verbringen?, hatte sie sich gefragt. Jeder andere hätte sich an diesem paradiesischen Erdenfleck glücklich geschätzt. Alles sah aus wie im Bilderbuch, der Dorfbrunnen, die Fachwerkgiebel, die Geranienfenster, das alte Bootshaus und der Steg in den See hinaus. Nur lag ihr altes Internat in der Nähe und Brunos Mutter lebte noch.

Arno hatte weder Koch werden noch ein Hotel führen wollen, während Bruno sich schon als Kind nicht aus der Küche vertreiben ließ. Offenbar waren die beiden seit je ein Gegensatzpaar, in allem und jedem. Der eine kräftig, der andere schlaksig, der eine redselig, der andere ein Schweiger. Als stammten sie nicht von denselben Eltern. Ihre Unterschriften sagten alles: die von Arno mit fanfarischem Schwung, die von Bruno krakelig winzig. Dass sie zusammengehörten, konnte man nur an ihren Hakennasen sehen, die etwas Theatralisches besaßen, auch wenn man nicht wusste, für welches Fach sie gemacht waren, fürs tragische, komische oder groteske.

Bei ihrer Hochzeit hielt Arno die Festrede und heizte mit

ländlichen Witzen die Stimmung an: Warum heiratet mein Bruder eine Jungfrau? Damit er sich nicht blamiert! So ging es in einer Tour.

Aber er war ein phantastischer Tänzer. Weil Bruno glaubte, nach zwei Walzern sein Soll erfüllt zu haben, rauschte sie den ganzen Abend mit Arno übers Parkett, als hätte sie ihn geheiratet.

Mit Bruno ging das Leben schon bald in etwas Geschwisterliches über. Vielleicht hatten sie beide jemanden gesucht, auf den man sich vor allem verlassen konnte. Sie hatten sich vorgenommen, den *Lindenhof* zu einer der ersten Adressen zu machen. Wozu sonst hatten sie in St. Moritz ihre Ausbildung gemacht? Mit Vesperbrettern und Schweinshaxen konnte man sich danach nicht mehr zufriedengeben. Sie wollten vor ihrem Haus so schnell wie möglich Autos aus der Schweiz und anderen Ländern stehen sehen. Das war ihr Ziel. Den Rest regelte die Arbeit.

Natürlich hatte sie sich manchmal gefragt, ob ihr etwas fehlte. Man war meist ein bisschen müde oder hatte das Gefühl, müde zu sein, oder wollte einfach müde sein. Gelegentlich nahmen sie sich noch in den Arm. Doch wozu eine Nähe erzwingen, nach der es keinen drängte? Es wäre ihnen künstlich vorgekommen, überhaupt noch den Versuch zu unternehmen. Sie wollte nicht darüber nachdenken, Bruno gewiss auch nicht. Inzwischen weiß sie kaum noch, wie es ist, mit einem Mann zu schlafen. Sie fürchtet fast, es verlernt zu haben.

Sie sind noch jung! Bei Mister Pettibone erriet man kaum, wo der Ernst in Spott überging, zumal sein Spott sich nie nach Spott anhörte. Nachdem sie ein paar Wochen hier war, rief er an, um zu fragen, wie es ihr ging. Er werde sie einmal besuchen, behauptete er.

Früher redete man von Liebeleien, was sich inzwischen anhört wie aus Großmutters Zeiten, nur dass sie sich bei Großmutter solche Dinge schwer vorstellen konnte. Dabei hatte sie eine Tochter zur Welt gebracht und einen Sohn. Vielleicht war damit aber auch alles erledigt.

Professor Todd hatte ihr gelegentlich Blicke zugeworfen, als überlegte er, ob noch etwas drin wäre. Vielleicht dachte er auch über ganz anderes nach. Er war über achtzig. Was hätte sie mit ihm reden sollen, ganze Tage lang? Mit einem Spezialisten für Selbstmörder, die sich während der Revolution in der Seine ertränkt hatten?

Käme je noch einmal ein Mann ins Spiel, fürchtete sie, ihr früheres Leben zu verraten. Als könnte man selbst einen Toten noch betrügen. Allein die Tatsache, dass sie ihr früheres Leben kaum vermisst, lässt leise Schuldgefühle aufkommen. Dabei wollte sie alles vergessen, auch ihn.

Alle lebten ihr Leben weiter, als hätte nichts sich geändert. Sie gingen ihrem Tagwerk nach, erledigten ihre Einkäufe, holten ihre Kinder von der Schule, saßen in den Kneipen. Natürlich konnte sie nicht erwarten, dass die Welt ihren Gang anhielt, doch zu sehen, wie rein gar nichts ins Stocken geriet, empfand sie als doppelte Vernichtung. Für sie selbst gab es diese Welt nicht mehr, alle anderen spielten Normalität.

Vielleicht erledigt das Schicksal einfach sein Geschäft, sagte sie sich irgendwann, ohne jede Rücksicht auf unser Wünschen und Wollen.

Hatten sie je über Kinder geredet? In den ersten Jahren muss es bisweilen ein Thema gewesen sein, doch sie kann sich kaum erinnern. Man hatte zu tun, von morgens bis nachts. Irgendwann war es zu spät. In St. Moritz stand am Rathaus ein Gedicht, das mit Kinderkriegen zu tun hatte. Ein Gedicht von Shakespeare, auf Englisch. Was es bedeutete, hatten sie nie begriffen. Irgendwann fragten sie sich nur noch, warum es nicht auf Deutsch dort stand, so kompliziert, wie es klang. Wollte man die Leute auf Englisch zum Kinderkriegen ermutigen? Oder hatte man das Eisentor bloß deshalb mit diesen Versen geschmückt, weil sie von einem berühmten Dichter stammten? Man wurde nicht schlau daraus, doch bis heute denkt sie, wenn vom Kinderkriegen die Rede ist, an diesen unverständlichen Shakespeare in St. Moritz.

Wieder von Bruno geträumt. Derselbe Schreckenstraum wie vor kurzem, nur hatte sie sich, anders als beim letzten Mal, schon dutzendfach vorgenommen, ihn anzurufen, ohne es je zu tun. Trotz des Wissens, dass er noch lebte, hatte sie ihn jämmerlich allein gelassen. Wie zur Strafe. Nur wofür? Dafür, dass sie so weit weg von ihm war, musste es Gründe geben. Sie konnte sich an diese Gründe aber nicht erinnern. Wieder war sie völlig verstört aufgewacht, ohne das Gefühl abschütteln zu können, ein elendes Schwein zu sein.

Die Neue will hoch hinaus, hieß es im Ort. Auch Brunos Mutter gefiel das nicht. Und noch weniger gefiel ihr, dass sie in der Stube das Kreuz in der Ecke abgenommen, im Flur die ausgestopften Fasane entfernt und das gerahmte Foto mit den Großeltern in den Wohntrakt verbannt hatte. Wäre es nach ihr gegangen, hätte man alles wie früher lassen müssen, selbst die Speisekarte und die geschnitzten Täfelchen an der Wand mit den Sinnsprüchen. Als dann auch noch ihr Hund starb, war für sie endgültig der Beweis erbracht, dass ein Fluch auf all diesem Neuen lag. Sie wollte ihren Hund vom Pfarrer beerdigen lassen, was Bruno ihr nur mit der Behauptung auszureden vermochte, dafür käme sie wegen Gotteslästerung in die Hölle.

Wie war Arno eigentlich vor seinem letzten Auftritt in ihr Haus gelangt? Plötzlich war er hinter ihr gestanden. Weder hatte er geklingelt noch sich sonst wie bemerkbar gemacht. Sie dachte: Ich hätte im Bett liegen oder nackt herumlaufen können. Nie zuvor hatte er sich einfach hereingeschlichen. Für ihn war offenbar klar, dass der *Lindenhof* ihr schon nicht mehr gehörte. Warum also klingeln oder klopfen? Dabei gehört er ihr bis heute.

Doch was heißt schon gehören, wenn Hunderttausende fehlen für die längst fällige Renovierung?! Allein das Dach! Unbezahlbar. Und die ganzen Zimmer, zwanzig an der Zahl. Die gesamte Küche und alles Elektrische. Arno redete bereits von Abriss. Ein Neubau kommt billiger, hatte er gesagt. Sie traute ihren Ohren nicht, ganz abgesehen davon, dass alles denkmalgeschützt ist. Ein Juwel, sagen die Leute. Ganz einmalig.

Sie hätte ihre Hälfte verkaufen können, doch wer kauft schon eine Hälfte? Die halbe Küche, die Hälfte der Zimmer, die Hälfte der Ausstattung, den halben Flur, den halben Hof, die halbe Wirtsstube? Arno hätte sie ausbezahlen müssen, rechnete ihr jedoch vor, dass ihre Hälfte nie im Leben reichen würde, um auch nur die allernötigsten Instandsetzungen zu begleichen.

Mit einem neuen Anstrich ist es hier längst nicht mehr getan, sagte er, das ganze Haus fault von innen heraus. Hier muss investiert werden, und dann muss ein junges Team her, mit neuen Ideen!

Was habt ihr bloß gemacht!?, seufzte er und ließ mit bühnenreifer Verzweiflungsgeste den Kopf in die Hände sinken, wo er ihn unter Gestöhn langsam hin- und herbewegte. Zwischendurch blickte er sie durch die Finger an, wie um sich zu vergewissern, dass ihm seine Verzweiflung abgenommen wurde.

Ihr habt Gold zu Dreck gemacht!, murmelte er vor sich hin, immer wieder, zwei Mal, drei Mal, fünf Mal, Silbe für Silbe, jede einzeln und abgehackt: Ihr-habt-Gold-zu-Dreck-ge-macht! Was-habt-ihr-bloß-ge-tan? Das Haus unserer Eltern in den Ruin geritten! Eine Goldgrube! Sehenden Auges! Man hätte doch helfen können! Nur hätte es rechtzeitig geschehen müssen! Man hätte verhindern können, dass es gekommen ist, wie es hat kommen müssen, wenn man jahrelang die Augen verschließt!

Warum seid ihr nicht zu mir gekommen?, ächzte er mit einer Unglücksmiene, die sagen sollte: Ich hätte alles für euch getan! Aber auch: Jetzt ist es zu spät! Fast fürchtete sie, einen Arzt rufen zu müssen, als er sich auch noch ans Herz fasste und nach Luft schnappte. Hätte sein Auftritt nicht ihr Leben beendet, es wäre zum Lachen gewesen. Ein Auftritt, der zu seiner Nase passte. Im Grunde ging an ihm ein Schauspieler verloren. Ein Schmierenkomödiant.

Sie wartete bloß, bis das Wort Schuld aus seinem Mund

spritzte. Doch es kam nicht. Er redete von Zahlen und Zinsen und jahrelangem Augenverschließen. Und vor allem von Konsequenzen: Jetzt muss man Konsequenzen ziehen, ob es einem gefällt oder nicht, und zwar radikal! Alles bestand auf einmal nur noch aus Konsequenzen. Nie im Leben hatte sie so oft das Wort Konsequenz gehört. Er schien es zu lieben, bei allem Leidenston. Konsequenz hieß: Es gibt keine andere Wahl, nicht die geringste, du kannst sagen, was du willst!

Dabei sagte sie überhaupt nichts. Sie hörte ihn reden, ohne wirklich hinzuhören. Warum sprudelt er ständig weiter, fragte sie sich. Als könnten sein Geschwätz und Geschwall sie tatsächlich überzeugen, dass es das Beste wäre, sofort zu verschwinden.

Was hätte sie sagen sollen? Das darfst du nicht! Das alles gehört mir! Mir, mir, mir!

Sie zitterte, nicht nur innerlich. Ihr blieb nichts, als ihre Sinne beisammenzuhalten, bis seine Vorstellung ihr Ende erreichte. Die einzige Möglichkeit, nicht zusammenzubrechen, bestand darin, seinen Auftritt als Theater zu nehmen. Längst war, was sich dort abspielte, ins Irreale entglitten. Etwas Unwirkliches schwebte über der Szene, an der sie selbst beteiligt und von der sie zugleich ausgeschlossen war.

Plötzlich wechselte er in einen kühleren Modus, vom einen auf den anderen Augenblick.

Und ich soll die Sache nun ausbaden?, sagte er kalt. Es war keine Frage, es war die Antwort. Was bleibt mir übrig? Was würdest du an meiner Stelle tun?

Sie sollte wissen, wie schwer ihm das alles fiel. Sie sollte ihn verstehen, sollte auf keinen Fall denken, er sei ein schlechter Mensch. Sollte sich in ihn hineindenken, sich in ihn einfühlen, ihm dankbar sein. Als sei nicht sie zu bemitleiden, sondern er.

Hätte sie ihn anflehen sollen, bleiben zu dürfen? Ihm bestätigen sollen, dass es das Beste war, sie zum Verschwinden zu zwingen? Dass es keine andere Möglichkeit gab, als sie aus ihrem eigenen Haus zu treiben? Dass kein einziger vernünftiger Mensch anders hätte handeln können? Dass drei Jahrzehnte von heute auf morgen ihr sofortiges Ende finden mussten? Dass man in diesem Fall alles Verwandtschaftliche zu vergessen hatte? Und auch ganz andere Dinge?

Er will mich aus der Welt schaffen, dachte sie nur. Drei Tage nach Brunos Beerdigung hatte sie mit ihm geschlafen. Weiß Gott warum. Aus Verzweiflung. Weil außer ihm niemand da war. Weil sie nicht allein sein konnte. Weil er ihre Situation ausnutzte. Weil, weil, weil. Eigentlich hatte sie mit ihm gar nicht geschlafen, es war einfach passiert, nach zwei, drei Flaschen, in der Stube, im Stehen, an den Kamin gedrückt, die Kleider an, bloß hochgeschoben, mir nichts, dir nichts, allzu genau wusste sie es auch nicht mehr am nächsten Morgen. Danach ließ er sich wochenlang nicht blicken. Und dann dieser Auftritt.

Oder hatte sie selbst ihn gedrängt? Was macht man nicht alles in schierer Auflösung? Dinge, die man sich sonst nie vorstellen könnte. Sie wusste, dass er empfänglich ist. Am Ende glaubte er noch, sie wollte sich an ihn ranschmeißen. Ihn zu Brunos Nachfolger machen. Ihn zu sich ins Haus holen. Mit ihm den *Lindenhof* retten. Mein Gott, was macht man nicht alles! Vielleicht war alles auch ganz anders.

Bei seinem letzten Auftritt hielt er einen Sicherheitsabstand, als hätte sie eine ansteckende Krankheit. Beim Gehen fuhr er sich mit der Hand über die Wange, wie um zu prüfen, ob man Stoppeln spürte. Oder wie um sich zu streicheln. Sein Zwinkern bei ihrer ersten Begegnung war ihr nie mehr aus dem Sinn gegangen, diese Geste bei der letzten nun auch nicht mehr.

Sie hörte, wie im Hof sein Motor nicht ansprang, und fürchtete, er könnte zurückkommen, dachte aber: Er kann mich jetzt doch nicht mehr ernsthaft um Hilfe bitten, falls seine Karre nicht anläuft. Hatte sie überhaupt ein Starterkabel? Und wüsste sie, wie es funktioniert? Solche Fragen stellte sie sich noch.

Als nach ein paar Anläufen sein Auto über den Kies knirschte und nach einem angehaltenen Atemzug nichts zurückblieb als Stille, bekam sie einen Schüttelkrampf und erbrach sich über der Kloschüssel.

Im Grunde war überhaupt nichts vorgefallen in dieser Nacht. Sie hatten sich berührt, kurz und heftig. Sie waren betrunken. Es war im Stehen. Sie hatten die Kleider an. Was sollte schon gewesen sein?

Mitunter schämt man sich noch Jahre später für Gedanken, die einem einmal durch den Kopf flogen. Niemals wollte sie wirklich mit Arno zusammensein. Doch in ihrer Verzweiflung drängten sich solche Vorstellungen auf. Sie wollte sie verscheuchen, von Anfang an, blieb aber manchmal ein paar Minuten an ihnen hängen. Muss sie sich deshalb verachten? Ihre Lage war heillos. In manchen Momenten wäre sie zu allem bereit gewesen. Hätte sich den schlimmsten Feind ins Bett geholt, um bleiben zu können. Alles andere hielt sie für schlimmer. Sie sah sich auf der Straße sitzen, im wörtlichen

Sinn. Überlegte sogar, ob man sie in ihrem Alter noch in ein Kloster aufnehmen würde. In ihr altes Internat, diesmal als Nonne. Um weiterhin auf die Alpen zu blicken und auf jenem Friedhof beerdigt zu werden, hinter dem sich ins Endlose Erikafelder erstrecken. Sie wäre versorgt, bis an ihr Ende. Müsste drei Mal am Tag in die Kirche gehen und vor dem Schlafengehen durch kaltes Wasser waten.

Hätte sie Arno um Hilfe anflehen und ihn bitten sollen, dass sie sich in ein Zimmer im Hinterhof zurückziehen durfte? Er wollte Tabula rasa machen. Sie störte nur noch. Nach Brunos Tod war sie für ihn ein Wrack, mit dem sich nichts mehr anfangen ließ. Ohne Erfolg verliert man seine Reize, hatte er einmal in einer Tischrunde verkündet. Bei seinem Aufbruch gab er ihr nicht einmal die Hand. In seinen drei Schritten Abstand sah man die Angst, sie könnte ihm heulend um den Hals fallen.

Nie hätte sie ihm das Gefühl geben dürfen, sie wolle getröstet werden.

Sie ließ sich nicht mehr auf der Straße blicken. Wollte sich weder irgendeines Mitgefühls versichert wissen noch sich aushorchen oder gute Ratschläge über sich ergehen lassen. Sie verließ nur noch mit dem Auto das Haus und fuhr, um Einkäufe zu erledigen oder das Weite zu suchen, in die Schweiz hinüber. Lediglich nachts drehte sie bisweilen eine Runde durchs Dorf, den Kragen hochgeschlagen, die Kappe tief in der Stirn. Sie konnte den Frieden dieses Orts mit seinen traditionsschweren Fachwerkfassaden nicht mehr ertragen, die alle sagten: Schau her, wir stehen hier seit Jahrhunderten! Sie konnte nicht ertragen, dass die Leute in ihren Betten lagen und morgens wieder ihrem Tagwerk nachgingen, als sei nichts vorgefallen.

Zu Hause ertappte sie sich bei Selbstgesprächen oder sagte sinnlose Sätze vor sich hin, wie um zu prüfen, ob ihre Stimme überhaupt noch da war. Sie fing an, vor dem Spiegel zu gestikulieren, als müsste sie üben, wie man Leuten entgegentritt und ihnen widerspricht.

Sie konnte sich nicht ständig in ihren vier Wänden einigeln, die bereits nicht mehr ihre vier Wände waren. Früher träumte sie immer davon, mehr freie Zeit zu haben. Ihr Wunsch war Wirklichkeit geworden, nur ganz anders, als sie sich erhofft hatte. Es gab nichts mehr zu erledigen und nichts zu besorgen, es war totenstill geworden.

Wochenlang hatte sie das Gefühl, sich übergeben zu müssen, ohne sich übergeben zu können. Sie hätte heulen, brüllen, toben wollen, doch es kam nichts aus ihr heraus. Sie war todmüde, konnte aber nicht schlafen, bebte vor Unruhe und fühlte sich zugleich wie gelähmt. Legte sie sich hin, musste sie sofort wieder aufstehen, lief sie durchs Haus, wollte sie sich sofort wieder hinlegen. Immer wieder krümmte sie sich vor Schmerz, ohne dass es ein körperlicher Schmerz war.

Nichts bot mehr Halt, auch nicht das Draußen und die Natur. Die Wiesen, Wolken, Wälder und Felder zeigten ihr nur, wie gleichgültig ihnen ihr Schicksal war. Nachts funkelten kalte Sterne, die nichts mit jenem Firmament zu tun hatten, in das sie während der Kindheit blickte.

Ihre gehetzten Gänge über die Felder konnte man schlecht Spaziergänge nennen. Mit ihren Stiefeln stapfte sie wie getrieben dahin, in der Hoffnung, ihr inneres Beben niederzuringen. Die Stille unter freiem Himmel wollte keine Beruhigung bringen, mit der Weite der Welt ließ sich nichts mehr anfangen.

Es schmerzte sie, wenn das Surren der Strommasten, das ferne Aufheulen einer Kreissäge oder die aus den Wäldern nachhallenden Axtschläge an Großmutters Zeiten erinnerten und an den Leiterwagen, mit dem sie zur Müllhalde hinausgezogen waren, über der meist leichter Rauch schwebte. Als Kind erblickte sie in diesen Strommasten lauter kleine Eiffeltürme, deren endlose, am Horizont verschwindende Zahl irgendwann in Paris enden musste. Wüsste man nur die richtige Richtung, gelangte man nach ein paar Tagen oder Wochen dorthin, hatte sie gedacht.

Als auf einem dieser gehetzten Gänge die Wolken aufrissen und ein meerblauer Himmel durchschlüpfte, musste sie auf einmal an Mister Pettibone und seinen in London lebenden Onkel denken, der an der walisischen Küste ein Hotel verkommen ließ. Wales war nicht aus der Welt, doch so weit weg, dass man seine Ruhe hatte. Die meisten drängte es immer in den Süden, dorthin verirrten sich wenige. Als könnte es nicht schnell genug gehen, eilte sie sogleich zum Auto zurück.

Dass alle Flüsse im Meer münden oder in Flüssen, die zum Meer führen, musste etwas bedeuten. Natürlich hatte sie in der Kindheit vom Meer gehört, auch wenn es nicht in Märchen vorkam. Vom Roten Meer und vom Toten Meer. In der Bibel spielten die Wasser immer eine große Rolle. Das Meer war älter als die Bibel.

Was hätte Großmutter gedacht, wenn sie es gesehen hätte? Sie kannte nur die Donau, zur andern Seite ging es hinauf in die Alb. Dazwischen Strommasten, die nach Paris führten, zumindest in einer der beiden Richtungen.

Wenn im morgendlichen Dämmerlicht das Meer noch zu schlafen scheint, fragt man sich weniger als sonst, in welche Leere der Horizont weist.

Spielt es eine Rolle? Eine Rolle wofür?

Hatte er ihre Schenkel mit seinem Knie auseinandergedrückt in dieser Nacht am Kamin, oder war sie sowieso zu allem bereit? Sie wusste schon fast nicht mehr, wie es ging. Vielleicht hatte sie ihm das sogar gesagt. Es musste an die zwanzig Jahre her gewesen sein. Vielleicht war auch wirklich nichts geschehen. Vielleicht hatte sie es nur geträumt. Hätte es diese Nacht nicht gegeben, vielleicht wäre alles anders gekommen. Vielleicht konnte er es nicht ertragen, sie weiterhin sehen zu müssen. Aus Scham. Nur vor wem? Vor ihr, vor sich selbst, vor dem eigenen Bruder? Drei Tage nach der Beerdigung.

Mit einer Anstellung in der Schweiz wäre ihr Leben wieder gerechtfertigt gewesen. Die Schweiz hätte bedeutet: Alles ist gut. Wer in der Schweiz arbeitet, wird beneidet, egal in welchem Alter. Was sollte sie in Wales?

Sie schaffte es nicht, in der Schweiz anzurufen. Wochenlang zögerte sie, zauderte, konnte sich nicht überwinden. Es quälte sie nicht nur die Vorstellung, vor der Welt eingestehen zu müssen, dass sie als Hausherrin des *Lindenhofs* mit Anfang sechzig Arbeit suchte, schlimmer war der Gedanke, dass dieses Eingeständnis ihr Schicksal besiegelte. Solange das Entsetzliche nicht ausgesprochen, nicht kundgetan, nicht öffentlich gemacht worden war, schien alles noch offen. Solange niemand wusste, wie es um sie stand, stand es noch nicht abgrundtief schlimm. Solange sie sich an einem Ort verschanzte, den die Leute immer noch für ihr Herrschaftsgebiet hielten, musste sie sich nicht bodenlos fühlen. Solange sie stillhielt, konnte alles sich zum Besseren wenden. Weder ließ sich ein Wunder ausschließen, noch stand fest, dass es sich nicht bloß um einen Albtraum handelte, aus dem sie plötzlich erwachte. Mit Bruno neben sich, der friedlich schlief.

Sie konnte nicht glauben, dass alles vorbei war. Vielleicht ließ Arno alles weiterlaufen wie bisher. Vielleicht, dachte sie, besaß sein makabrer Auftritt lediglich den Zweck, ihr mit aller Drastik vor Augen zu führen, wie schlimm es um den *Lindenhof* stand. Dass sich alles ändern musste, wusste sie ebenso, wie dass man einen neuen Koch brauchte, der für frischen Wind sorgt. Zwar hatten Stammgäste, Bekannte und Fremde sie mit Dutzenden von Briefen bedrängt, Brunos Werk fortzuführen, doch es brauchte einen Neuanfang. Sogar einen radikalen. Obwohl alle wollten, dass alles bliebe wie bisher, war klar, dass nichts bleiben konnte, wie es war. Sie stimmte mit Arno überein. Sogar vollkommen. Doch warum sollte sie nicht die Prinzipalin bleiben?

Hätte sie mit Bruno ein Kind gehabt, hätte Arno niemals gewagt, sie hinauszubugsieren.

Sie redete sich ein, dass es nur wieder aufwärtsgehen konnte. So fatal ihre Lage war, so tröstlich schien der Gedanke, dass der Abgrund kaum tiefer reichte. Mit schierer Notwendigkeit musste ein Licht am Horizont auftauchen, so winzig es sein mochte. Sie durfte sich nicht vertreiben lassen. Auch in der Verzweiflung kann man ein Gleichgewicht finden, sagte sie sich. Und sei es durch Gewöhnung.

Wie immer stand sie morgens um sechs auf, duschte warm und kalt, zog sich an, setzte sich an den Ecktisch in der Wohnküche, trank Tee und blätterte in der Zeitung, warf jedoch, anders als früher, den Lokalteil sofort in den Papierkorb. Solange ihre Zukunft am See ungewiss blieb, wollte sie auch nicht wissen, was dort geschieht. Bis zuletzt goss sie die Pflanzen und Blumen, zupfte welke Blätter ab, schaute nach den Kräutern, dem Rosmarin, Thymian, Salbei und Olivenkraut, hielt den Garten in Schuss und verriegelte abends das Hoftor.

Sie hätte prozessieren, sich in einem Krieg mit Arno zerreiben und weigern können, ihr Haus zu verlassen. Doch als Rechtsanwalt war er mit allen Wassern gewaschen. Was wäre das für ein Leben? Und wovon hätte sie leben sollen? Wer hätte ihr die Gerichtskosten bezahlt und den Anwalt, wäre er der Gewinner?

Geschäft ist Geschäft, hatte er immer gesagt. Er ließ sich nie einladen, außer an Geburtstagen. Selbst nach zwei Flaschen Wein erklärte er: Geschäft ist Geschäft. Darauf legte er Wert. Wie ernst es ihm damit war, erfuhr sie erst ganz am Ende. Er zeigte nicht plötzlich ein anderes Gesicht, sondern demonstrierte nur, zu welchen Konsequenzen dieses Motto führt.

Ging es nicht ums Geschäft, konnte er großzügig sein. Immer wieder wollte er ihnen Jahreskarten fürs Thermalbad oder eine Reise nach Venedig schenken. Sie hatten dafür keine Zeit. Bruno hatte auch keine Lust, zwischen Rentnern in dampfenden Becken herumzustaksen oder am Lido ein Eis zu essen, bei dem man ihn fotografiert. Als Ersatz brachte Arno jedes Mal einen riesigen Blumenstrauß mit oder eine Kiste besten Bordeaux, die er ohne jeden Anlass neben dem Büro abstellte. Es gefiel ihm, den Schenkenden zu spielen.

Passt so etwas zu Gedichten? Vermehrung und Kinderkriegen? Oder hatten sie beide von diesen Versen rein gar nichts begriffen? Im Rauchsalon des St. Moritzer Grandhotels hatte sie einmal ein Gespräch mitgehört, das zwei silbergraue Herren an der Bar über Shakespeare führten. In Shakespeares Welt gäbe es keine einzige Gewissheit mehr, hatte der eine zum andern gesagt. Keine einzige! Dieser Satz war ihr hängen geblieben.

Wieder unerträgliche Schuldgefühle im Traum, als ihr bewusst wird, dass Bruno seit Jahren ganz allein vor sich hin altert. Wieder wollen ihr die Gründe nicht in den Sinn kommen, die zum Zerwürfnis geführt haben. Vielleicht gab es auch gar keine. Doch es muss welche gegeben haben, sonst würde sie nicht schon so lange so weit weg von ihm leben. Hatten sie ständig gestritten? Und worüber? Sich vielleicht sogar geschlagen?

Es war nicht immer einfach zwischen ihnen, doch wann sollte es sich so heillos zugespitzt haben, dass nur noch Flucht infrage kam? Das Schlimmste: Sie konnte sich an nichts Bestimmtes erinnern. Wie beim letzten Traum ging ihr schlagartig auf, wie furchtbar kalt sie ist. Wofür wollte sie sich an ihm rächen? Warum überzog sie jedes Maß? Wie konnte ein Mensch nur so gnadenlos sein? Und dieser Mensch war sie selbst.

Wieder brauchte es eine Weile, bis sich der Traum nach

dem Aufwachen abschütteln ließ. Das Wissen, dass er tot ist, erlöste sie nicht.

Es führt zu nichts, immer die gleichen Bilder an sich vorüberziehen zu lassen. Es führt nicht weiter, ständig nach einem Warum zu fragen. Es lässt sich nichts rückgängig machen. Und es führt zu keinen neuen Einsichten. Oder doch? Merkt man es nur nicht?

Vielleicht will man manchen Dingen gar nicht auf den Grund gehen. Und kann es auch nicht. Würde das Meer eines Tages zurückweichen und seine Tiefen freilegen, wollte man vermutlich auch nicht am Ufer stehen und in die schlammigen Abgründe starren, mit ihren Wracks und Leichen und krepierten Fischen. Oder bekäme man etwas ganz anderes zu Gesicht?

Mister Pettibone hatte erzählt, bei einem seiner Verwandten sei Krebs diagnostiziert worden, mit der Prognose, bestenfalls noch ein Jahr zu leben. Darauf habe dieser Onkel beschlossen, auf nichts mehr Rücksicht zu nehmen, am allerwenigsten auf seinen Ruf. Jedem habe er von da an ins Gesicht gesagt, was er von ihm halte, ohne sonderliche Bosheit, aber auch ohne sonderliche Schonung. Mit der entwaffnenden Heiterkeit desjenigen, der nichts mehr zu verlieren hat, sagte er allen Leuten Dinge ins Gesicht, die man sich sonst nicht traut oder vorsichtig umschreibt. Jeder wusste nun, was er von ihm hielt, wen er liebte, wen er nicht mochte, wen er abscheulich fand. Alles lag offen da. Er wartete nur noch auf seinen Tod, der sieben Jahre nicht kommen wollte.

Warum hatte nicht auch sie Arno die Wahrheit ungeschminkt ins Gesicht gesagt? Oder dem Bürgermeister? Oder dem Chef der Bank? Oder diesem Buben, den er vorgeschickt hatte, um ihr ein paar Unterschriften abzupressen, die sie hinauskatapultierten ins Nichts? Sie hatte genauso wenig zu verlieren wie Mister Pettibones Onkel.

Andererseits, was hätte sie ihnen an den Kopf werfen, ihnen vorhalten, ihnen freiheraus ins Gesicht schreien sollen? Niemand hatte sie beleidigt.

Geht man durch einen Ort mit alten Häusern und Gebäuden oder durch Museen, weht einen die Wucht der Vergangenheit an. Das Meer dagegen wirkt nie alt und ist Millionen Mal älter.

Auf dem Hochland enden die meisten Wege mitten im Grün oder am Abgrund, zumindest in der Nähe der Klippen. Nur der Pfad am Kliff schlängelt sich endlos fort. Kürzlich lag dort ein einzelner Schuh. Kommt einem jemand entgegen, muss man ausweichen, ohne richtig ausweichen zu können. Man drückt sich aneinander vorbei und lächelt. Jeder denkt in solchen Augenblicken vermutlich für den Bruchteil einer Sekunde: Ich könnte den andern hinabstürzen. Mir nichts, dir nichts.

Auf ihren nächtlichen Wegen war ihr an einer Litfaßsäule ein Plakat mit dem Titel *Vom Sinn des Lebens* ins Auge gesprungen. Es kann nicht schaden, einen Vortrag über den Sinn des Lebens zu hören, sagte sie sich, obwohl sie bezweifelte, dass ein solcher Vortrag ihr Kraft einflößen und neue Wege weisen könnte. Doch es war auch nicht völlig ausgeschlossen.

Sie trug ein wenig Rouge, Lippenstift und Parfüm auf, zog

ihr rotes Kostüm an und fuhr nach Lindau, ans andere Ende des Sees, weit genug weg, um keinem Bekannten zu begegnen. In den hinteren Reihen des Kursaals saß ein verstreutes Häuflein aus fünf, sechs Jüngeren und zehn, zwölf Grauhaarigen. Alle andern Altersgruppen schienen sich für den Sinn des Lebens nicht zu interessieren. Wie der Rest des Häufleins nahm auch sie ganz hinten Platz, um notfalls schnell verschwinden zu können. Zwischen dem Rednerpult und der Zuhörerschaft klaffte gähnende Leere. Die grelle Beleuchtung ließ die wenigen Anwesenden wie Schuldige aussehen, die verantwortlich waren für die vielen Abwesenden. Als ein beleibter Herr mit grüner Krawatte die Bühne betrat und seine Zuhörer mit rudernden Armen nach vorn locken wollte, folgte ihm niemand.

Dieser Mann war so dick, dass sie dachte, er sollte abnehmen, bevor er über den Sinn des Lebens spricht. Sie konnte sich nicht vorstellen, dass dicke Leute sich in ihrem Leib wohlfühlten. Und solang man sich nicht in sich selbst wohlfühlt, soll man auch nicht über den Sinn des Lebens reden, dachte sie. Es wäre Anmaßung, Ablenkung, Irrtum. Dick sein heißt Sinnlosigkeit. Sie mochte dicke Leute nicht. Es gab Ausnahmen, doch Ausnahmen sind Ausnahmen. Diesen Redner dort vorne mochte sie nicht, am schlimmsten war seine grüne Krawatte.

Sie hörte ihm überhaupt nicht zu. Fühlte sich in diesem fast leeren Saal wie gefangen. Schnappte einzelne Worte auf, dachte aber nur über sein Dicksein nach. Warum macht er das?, fragte sie sich. Warum wagt er es, auf einer Bühne zu stehen und den Leuten etwas über den Sinn des Lebens zu erzählen?

Wie konnte sie nur nach Lindau fahren, um sich einen solchen Vortrag anzuhören. Noch nie hatte sie sich freiwillig Vorträge angehört. Vorträge muss man über sich ergehen lassen, gottlob bloß alle zehn Jahre. Doch dieser Redner schien sich regelrecht an sie zu klammern. Von Anfang an. Schaute einzig zu ihr hin. Hielt sich mit seinen Augen an ihr fest. Sie schien die einzige, die ihn verstand. Für die sein Vortrag gedacht war. Die ihn hören sollte. Der Abstand zwischen ihnen wurde immer kleiner. Seine Blicke löschten den restlichen Raum aus. Er redete und predigte für sie ganz allein.

Das grelle, überhelle Licht verriet an ihr jede kleinste Regung und Bewegung. Offenbarte ihren inneren Zustand. Bot keinerlei Schutz. Machte ihr Bemühen, nicht aufzufallen, vollkommen zunichte. Alle schauten bloß sie an, selbst wenn sie nicht schauten. Sie schauten, ohne zu schauen, und grinsten, ohne zu grinsen. Sie wähnte sich in einer Sekte, heillos gefangen.

Zuhören konnte sie immer weniger, vernahm nur noch eine Art Schall, alles entglitt. Die seltsame Schar um sie her schien gekommen, sie der Ohnmacht nahezubringen. Man wollte sehen, wie sie fällt, wie sie am Boden liegt, wie sie zuckt. Alles war abgesprochen, angefangen bei dem Plakat, das man ausschließlich für sie aufgehängt hatte. Sie hätte es wissen müssen, ohne es wissen zu können. Allein der Titel! Wie konnte sie nur darauf reinfallen?

Sie stand auf, voller Angst, ihr würde gleich schwindlig, und schlich sich hinaus. Wobei von Schleichen keine Rede sein konnte. Der dicke Herr unterbrach seinen Vortrag. Zumindest eine klitzekleine Weile. Für einen bedeutsamen Augenblick. Doch sie hatte es geschafft. Die Tür fiel hinter ihr ins Schloss, keiner folgte ihr. Durchs Foyer hallten ihre Schritte, dann war sie draußen. Fast musste sie lächeln. Überstanden! Was machte sie sich nur für dumme Gedanken.

Auf dem Weg zu ihrem Wagen kam sie am *Prinzenhotel* vorbei und sagte sich: Ich könnte mir wieder einmal etwas Gutes tun, die Fahrt nach Lindau soll nicht umsonst gewesen sein. Seit Ewigkeiten war sie in keinem Restaurant mehr gesessen, außer in ihrem eigenen, seit Ewigkeiten hatte sie sich nicht mehr bedienen lassen, seit Ewigkeiten keine andere Speisekarte mehr gesehen als die von ihr selbst geschriebene. Sie trat in einen Raum mit Kronleuchtern und schweren Seidenvorhängen, die von der Decke bis zu den Marmorfliesen hinabreichten. Natürlich wusste sie, dass das *Prinzenhotel* zu den nobleren Adressen gehörte, da gewesen war sie jedoch nie. Im Übrigen konnte man von außen nicht ahnen, dass sich hinter der bürgerlichen Fassade ein fürstlicher Speisesaal versteckte.

Sie wollte kehrtmachen, auf der Stelle. Ein Kellner kam auf sie zugeeilt, hielt ihr die Tür auf. Eigentlich hätte sie beim Verlassen des Vortrags wissen müssen, dass es außer ihrem Zuhause keinen einzigen Ort mehr gab auf der Welt, an dem sie sich unbeobachtet fühlen konnte. Sie selbst hätte das besser als jeder andere wissen müssen, schließlich bekam man von den Gästen jede Kleinigkeit mit, jedes Geflüster, jeden verstohlenen Blick, jedes Missgeschick, vor allem, wenn sie es verbergen wollten.

Spätestens als sie sah, wie leer das Restaurant war, hätte sie umkehren sollen. Da sich aber bereits ein Dutzend Kellneraugen auf sie richtete, hätte es wie Flucht gewirkt. Sie schienen nur auf einen Gast zu warten, dem man alle Aufmerksamkeit schenken konnte. An Umkehr war nicht mehr zu denken, sie musste Platz nehmen, eine Kleinigkeit bestellen, eine Suppe, einen Salat, dazu ein kleines Glas Wein, mehr nicht. In einer knappen halben Stunde säße sie wieder im Auto und wäre erlöst, dachte sie.

Doch man konnte nicht bloß eine Suppe oder einen Salat bestellen, es gab ausschließlich Menüs, kleinere und größere. Sie traute sich nicht zu fragen, ob man nur eine Kleinigkeit essen könnte, etwas Kaltes mit einem Stück Brot. Sie hätte sich lächerlich gemacht. Man hätte sich gewundert, warum sie dann ausgerechnet hier hereinspaziert war und nicht in eine schlichte Kneipe. Ihr blieb nichts, als drei Gänge zu nehmen, in der Hoffnung, sie kämen geschwind.

Die paar Löffel Suppe schaffte sie gerade noch, vom Fleisch bekam sie kaum einen Bissen hinunter. Es war köstlich, doch ihr Hals war wie zugeschnürt, es sperrte sich alles. Selbst im Gemüse konnte sie nur herumstochern, versuchte es mit Trinken und Nachspülen, machte ausgiebige Pausen, musste aber sogar den Spinat förmlich kauen, obwohl alles bestens schmeckte. Vor ihr stand ein frühlingshafter Teller, in Größe und Eleganz ein französisches Miniaturgericht, mehr Ästhetik als Menge, und trotzdem viel zu viel, um auch nur die Hälfte zu schaffen. Bereits beim Warten auf die Suppe hatte sie ein erstes Glas Weißen getrunken, zur Suppe ein zweites, zum Fleisch bestellte sie eine Karaffe Roten. Sie schämte sich, weil ihr Teller nicht leer werden wollte. Hatte auch kein Buch und keine Zeitung dabei, um sich dahinter zu verstecken. Lediglich der Wein dämpfte ein wenig ihre Unruhe und ließ die Gedanken verschwimmen.

Als das Essen schon eine Weile kalt vor ihr stand, fragte der

Kellner, ob es nicht in Ordnung sei. Doch, doch, es schmeckt exzellent, lassen Sie es noch stehen, ich esse immer sehr langsam, hatte sie geantwortet, eine weitere Karaffe bestellt und über die Geschwindigkeit gestaunt, mit der sie plötzlich ein Glas nach dem andern kippte. Nie konnte sie viel trinken, selbst an langen Abenden nippte sie immer nur und schaffte selten mehr als ein, zwei Viertel. Ihr Geschäft hatte immer darin bestanden, andern nachzuschenken, nicht aber sich selbst. Sie hatte Bruno manchmal heimlich beneidet, weil er mit seiner Trinkerei in seine eigenen Sphären abdriften konnte und morgens trotzdem aufstand und arbeitete.

Zum Nachtisch bestellte sie noch einen Wein und danach noch einen Schnaps, vielleicht sogar einen doppelten oder sogar noch einen zweiten, sie kann sich nicht mehr erinnern. Sie weiß auch nicht mehr, wie sie bezahlt hatte und wie sie hinausgekommen war, sie weiß nur noch, dass auf einmal ein paar Leute auf sie einredeten, ihren Wagen stehen zu lassen. Sie wehrte sich so lange, bis eine Dame herbeieilte, die sie bei ihrem Namen ansprach und erklärte: Frau Bräuning, wir geben Ihnen ein Zimmer auf Kosten des Hauses, nur tun Sie uns bitte den Gefallen, in Ihrem Zustand nicht mehr zu fahren!

Man wusste also nicht nur, wer sie war, man hielt sie auch noch für eine Alkoholikerin. Sie hätte sich denken können, dass fünfzig Kilometer zum andern Ende des Sees nicht reichten, um Ruhe zu haben und nicht mit Beileidsbekundungen belästigt zu werden, in denen noch ganz anderes mitschwang als bloß Beileid.

Sie musste aus dieser Gegend verschwinden, so schnell wie möglich, weit weg, in eine Welt, wo niemand sie kannte.

Je öfter ihr der Küchenjunge aus St. Moritz durch den Kopf geht, von dem sie keinerlei Bild mehr vor Augen hat, desto schlimmer findet sie, dass niemand mehr nach ihm gefragt hat. Als hätte sein Leben keine Rolle gespielt. Als müsste wenigstens sie nun nachforschen, was aus ihm geworden war, und ihm sagen, dass nicht alle ihn vergessen haben. Doch wie nach jemandem suchen, dessen Namen man nicht einmal kennt und über den man auch sonst nichts weiß? Sie wird es ohnehin nie tun, doch es lässt ihr keine Ruhe.

Nachts hört sich das Meer noch näher an als am Tag. Im Dunkeln gibt es außer dem eigenen Bett nur mehr das Meer. Sein nächtliches Rauschen macht die Welt größer und leerer.

Gab es in der Bibel das Meer nicht schon vor allem andern, sogar vor Gott?

Selbst ihre Bibel aus dem Internat hat sie im *Lindenhof* zurückgelassen. Das Einzige, was ihr geblieben war aus der Zeit bei den Nonnen.

Doch sie meint sich zu erinnern, dass Gott die Wasser gar nicht erschaffen hat und lediglich sein Geist über ihnen schwebte. Was hieße, dass sie schon vor ihm da waren. Andererseits konnte es vor Gott nichts geben. Außer vielleicht das Meer.

Sie mag solche Gedanken, obwohl sie zu nichts führen. Als gäben sie einem einen letzten Halt, obwohl sie überhaupt keinen Halt bieten.

Immer kommt ihr beim Öffnen des Schranks ihr früherer Schlafzimmerschrank in den Sinn, der einen Innenspiegel mit Beleuchtung besaß, die beim Aufmachen anging. Fehlt er ihr? Wegen des Spiegels oder wegen der Beleuchtung? Oder weil seine Tür nicht gequietscht hat?

Man müsste Erinnerungen zuklappen und bei Bedarf wie Fotoalben wieder aufklappen können, und sei es aus Langeweile. Aber sie führen ein Eigenleben und fragen nicht, ob man sich mit ihnen beschäftigen möchte oder nicht. Sie verflüchtigen sich auch nicht wie Wolken. Veränderung scheinen sie nicht zu mögen und das Schreckliche dem Schönen vorzuziehen. Ständig wiederholen sie die gleichen Szenen, nach denen nie ein Vorhang fällt.

Warum nutzen sich solche Erinnerungsszenen nicht ab und werden langweilig, obwohl sie längst langweilig geworden sind? Sie wollen es nur nicht wahrhaben. Immer von neuem versuchen sie, einen aufzureizen, als habe man sich noch nie mit ihnen beschäftigt.

Am Ende bleibt allein das Meer in seiner endlosen Bewegung. Es altert nicht, war nie jung, kennt keine Zeit. Seit je sieht es so aus wie jetzt, mit seinen im Mondlicht vagabundierenden Schatten, die wie Gespenster wirken.

Inzwischen empfindet sie Brunos Bruder nicht einmal mehr als Feind. Ihr Hass hat sich erschöpft, hat seine Kraft und seinen Sinn verloren. Oder war es gar nie Hass? Hass hört sich zu heftig an, zu vernichtungsgierig. Sie hatte keine Kraft mehr. In ihr war alles dumpf. Sie war wie gelähmt und zu schwach, um sich in Vernichtungsphantasien hineinzuschrauben und in Mordgedanken zu suhlen. Ganze Stunden saß sie auf dem Sofa und schnappte nach Luft. Dann wieder lief sie treppauf, treppab, von oben nach unten, vom Keller ins Dachgestühl, als suchte sie etwas, ohne zu wissen was.

Hass wäre gesund gewesen. Bei Hass muss sie an klares Wasser denken.

Warum über Wörter nachsinnen? Sie treffen nichts richtig, sind zu groß, zu klein, zu schief, gehen an der Sache vorbei. Doch was heißt schon Sache?

Zuweilen köchelt in ihr noch augenblicksweise etwas hoch, was sich wie Wut anfühlt, allerdings wie eine Wut, die ihr eher wie eine Erinnerung an eine frühere Wut vorkommt als wie wirkliche Wut. Sie hat versucht, Arnos Namen aus ihrem Gedächtnis zu tilgen. Manchmal denkt sie tatsächlich tagelang nicht mehr an ihn. Oder täuscht sie sich?

Würde er drunten auf der Promenade vorbeispazieren, empfände sie womöglich nur Gleichgültigkeit und Überdruss. Ein tödlicher Zorn hatte nie in ihr getobt, sie hatte sich nur gewünscht, es gäbe ihn nicht. Hass wäre erlösend gewesen.

Sie ging nicht mehr ans Telefon und nicht mehr an die Tür, wenn es klingelte, und wollte niemanden mehr sehen. Täglich kam ihr der eiserne Heinrich in den Sinn, dessen Herz von Eisenringen umklammert war, die bei einer Kutschfahrt derart krachend auseinandersprangen, dass er meinte, die Wagenräder brächen. Ständig wartete sie auf einen solchen Augenblick.

Immer wieder, wenn sie übers Meer zum Horizont schaut, muss sie daran denken, dass die Chinesen das Universum für quadratisch gehalten haben. Für eine Art Taschentuch oder Schachbrett, nur Millionen Mal größer. Das Universum als Viereck.

Wie immer sie es dreht und wendet, ihr will daran nichts

einleuchten. Gewiss haben die Chinesen sich etwas dabei gedacht. Bloß was?

Als könnte etwas Eckiges schön sein. Vielleicht geht es aber auch gar nicht um Schönheit. Trotzdem möchte sie in einer eckigen Welt nicht leben. Es erinnert an vier Wände, aus denen es kein Entrinnen gibt.

Gut so!, dachte sie am Morgen nach ihrer Flucht vor der Flut. Wozu braucht sie noch einen Fotoapparat? Wem soll sie ihre Bilder zeigen, wem sie schicken, vor wem angeben, wo sie gewesen ist und was sie erlebt hat? Ihre Fotoalben hatte sie am Bodensee zurückgelassen, wozu neue anlegen? Wozu von neuem Vergangenes festhalten? Wozu Belege?

Sollte sie einmal wirr werden wie die Großmutter, nützen auch Bilder nichts mehr. Vielleicht würde sie wie Großmutter die Bilder zerreißen und behaupten, sie hätten nichts mit ihr zu tun.

Man kannte sich seit Jahren. Alle zwei Wochen saß der Bürgermeister bei ihnen und auch der Bankchef. Sie gingen bei ihnen aus und ein, die Spitzen und Stützen der Gesellschaft ums untere Seeufer herum. Sie gehörten zu den Männern, die wissen, wie man einer Frau die Tür aufhält, wie man ihr den Mantel abnimmt, wie man sich nach dem Befinden erkundigt, wie man über das Wetter und die Welt plaudert, bevor man zur Sache kommt. Sie wussten auch, wie man ein Restaurant betritt und alle Blicke auf sich zieht, ohne den Eindruck zu erwecken, eigens wahrgenommen werden zu wollen.

Diese beiden waren ihre letzte Hoffnung. Wie oft hatten sie nicht betont, dass man den *Lindenhof* mit allen Mitteln erhalten müsste, und zwar schon deshalb, weil die ganze Gegend von seinem Ruf profitierte. Seit Jahren brachte der Bürgermeister Gäste bei ihnen unter, Geschäftsleute, Urlauber, Parteifreunde.

Früher hatte er sie immer wieder zu sich nach Hause eingeladen, so lange, bis auch ihm klar wurde, dass Bruno für Plaudereien bei Häppchen nicht geschaffen war und seine freien Abende nicht für gesellschaftliche Pflichten opfern wollte. Sie dagegen meinte damals, man müsste solchen Einladungen nachkommen. Eine Hand wäscht die andre, dachte sie. Bruno wehrte sich mit Händen und Füßen. Es ging nicht ab ohne Geschrei. In seinen Augen war sie eine Gesellschaftshure, die alles tat, um eine Rolle zu spielen. Er dagegen war für sie ein Versager, der seine Verklemmtheit für eine Tugend hielt.

Bis zuletzt drückte sie dem Bürgermeister und dem Bankchef regelmäßig eine gute Flasche in die Hand und berechnete diverse Schnäpse nicht.

Sicherlich hätten die beiden den *Lindenhof* gerne gerettet, nur waren ihnen, wie sie erklärten, die Hände gebunden. Allen waren die Hände gebunden, bei denen man vorsprach. Die Mühe, ihren inneren Zustand vor diesen Leuten so gut es ging zu verbergen, kostete schier übermenschliche Kraft. Früher kamen sie alle zu ihr, nun musste sie bei ihnen um Termine betteln, die in letzter Minute abgesagt wurden, mit größtem Bedauern, aus zwingenden Gründen. Als sie sich am Ende nicht mehr trauten, ihr die Wahrheit ins Gesicht zu sagen, schickten sie ihre Lakaien vor.

Der Bankchef verwies sie an einen jungen Kollegen. Mit

dem kannst du alles besprechen, sagte er. Man war seit Jahren per Du. Eine Angestellte geleitete sie zum Aufzug, fuhr mit ihr zwei Stockwerke tiefer, lächelte. Wieder ging es durch eine Milchglastür in einen Besprechungsraum. Möchten Sie einen Kaffee oder Tee? Gerne. Erneutes Schweigen.

An die gedämpfte Teppichbodenatmosphäre kann sie sich besser erinnern als an alles, was danach geredet und an Papieren über den Tisch geschoben wurde. Man schien diese Damen und Herren angewiesen zu haben, noch entschiedener zu lächeln als sonst und so leise wie möglich zu sein, als könnte jedes Geräusch die Situation verschlimmern. An der Wand hing der Eiffelturm, sattes Braun auf strahlendem Blau, wie nicht ganz echt. Die Tür hinter ihr ging so langsam und leise zu, als sollte sie es nicht bemerken und sich auf keinen Fall wie eingesperrt fühlen.

Auf dem Tisch ein Päckchen Tempotaschentücher, der Klebeverschluss aufgerissen, das oberste griffbereit ein Stück weit herausgezogen. Zum letzten Mal lag ein Päckchen Taschentücher auf dem Tisch, als sie geheiratet hatte, auf dem Standesamt. Weder sie musste damals heulen noch Bruno. Hier wie dort schien man mit Tränen gerechnet zu haben. Vielleicht lag das Päckchen auch noch von der vorigen Besprechung da. Oder es hatte jemand vergessen. Oder gehörte dem Bankangestellten, auf den sie warten musste. Man ließ ihr alle Zeit der Welt, um über solche Dinge nachdenken zu können. Die Vorstellung, man hätte es eigens für sie hingelegt, ließ in ihr fast Wut hochkochen. Doch sie hatte kein Recht, sich aufzuregen, zumindest nicht in diesem Augenblick. Sie war auf den guten Willen dieser Leute angewiesen, auf ihr Entgegenkommen, ihr Mitgefühl. Man kannte sich, sie war nicht niemand. Nur gab es nichts, womit sie hätte auftrumpfen oder gar Bedingungen stellen können. Außer ihrem guten Ruf hatte sie nichts mehr zu verlieren.

Dabei hatten sich längst Gerüchte breitgemacht. Mehrfach hatte der Bürgermeister gefragt, warum Bruno so plötzlich gestorben sei. Er war vor Neugier fast geplatzt, wagte aber nicht, das Wort Selbstmord in den Mund zu nehmen. Doch es stand im Raum und warf auch einen Schatten auf sie, einen großen sogar, obwohl davon nie die Rede war, zumindest nicht offiziell. Schließlich musste sich jeder gefragt haben, weshalb jemand nicht mehr leben mochte, wenn alles gut ging mit Frau und Beruf.

Man ließ sie warten. Endlos warten. Weder lag eine Zeitung herum noch sonst etwas. Dem Eiffelturm gegenüber hing eine schief an die Wand gepinnte Karikatur. Zu weit weg, um die Sätze in den Sprechblasen entziffern zu können. Nur das Bild war zu erkennen, ein Bankangestellter hinter seinem Schalter mit einem Revolver, den er gegen einen Kunden richtet. Sie wagte nicht aufzustehen und hinüberzugehen, jederzeit hätte ihr Berater hereinkommen können, der tatsächlich irgendwann zur Tür herein keuchte, mit Anzug und Krawatte, adrett und aufgeräumt wie alle diese Leute, mit fünffacher Entschuldigung, abgehetzt, als sei er wie wild gerannt und habe es trotzdem nicht geschafft. Er setzte sich, schnaubte, zog Papiere aus seiner Mappe, blätterte in ihnen, schnaufte, lächelte, blätterte, schnaufte. Darf ich mein Jackett ausziehen? Ich muss meine Kunden fragen, bevor ich es ausziehe, erklärte er. Es steckte noch ein Schulbub in ihm, der nichts falsch machen wollte. Zwei Sätze übers Wetter. Herrlich! Nach einem so langen Winter! Entschuldigung, fast hätte ich es vergessen, herzliches Beileid! Nun hatte er doch einen Fehler begangen und zu spät kondoliert. Bruno war seit vier Wochen tot. Möchten Sie einen Kaffee? Oh, da steht er ja schon! Sogar für uns beide!

Entweder war er tatsächlich schusselig oder spielte nur den Schusseligen. Vielleicht lächelte er auch nicht, sondern grinste. Ständig blätterte er in den immer gleichen Papieren und vermied jeden Augenkontakt. Etwas Kraftloses, Kränkliches steckte in ihm. Blutarmut. Ein geborener Zuträger. Gehilfe. Jemand, der auf die Chance wartete, selbst Chef zu werden. Sie hatte das Gefühl, ihm beistehen zu müssen.

Wie es um den *Lindenhof* stand, wusste nun auch dieser junge Mann, der zwischen seinem unablässigen Blättern Zahlen in einen winzigen Rechencomputer tippte, dann wieder in die Papiere schaute, erneute tippte, doch zu keinem Ergebnis zu kommen schien. Sein Kaffee wurde kalt, wie der ihre. Sie beide bemühten sich, Normalität zu spielen.

Schließlich schob er ihr ein paar Formulare über den Tisch. Zum Unterschreiben. Papiere, die mit ihrem Schwager abgestimmt worden seien. Arnos großspurige Unterschrift sprang einem sofort ins Auge. Sie sollte die ihre unter die seine setzen. Den Rest erledige der Notar, sagte der Schulbub. Von Schuldumschreibung war die Rede. Gegen Aufgabe aller Ansprüche. Sie verstand kein Wort. Er versuchte es mit Erklärungen, erschöpfte sich in Wiederholungen: Schuldumschreibung gegen Aufgabe aller Ansprüche. Er hatte geglaubt, mit dem Herrn Direktor sei das alles längst abgesprochen. Und auch mit dem Herrn Schwager. Es tut mir leid, entschuldigte er sich. Er entschuldigte sich vier, fünf Mal. Als sei er hintergangen worden. Dann wieder das Geräusch hin und her geschobener Papiere. Doch sie unterzeichnete nicht. Nach einer langen stummen Weile erklärte er erstaunlich entschieden: Es wäre das Beste, wenn Sie unterschreiben, die Bank kann nichts mehr für Sie tun!

Vielleicht fiel auch das Wort Pfändung. Sie hörte nicht mehr hin. Sein Lächeln war auf einmal weg, plötzlich sah er erwachsen aus.

Sie blieb sitzen. Alles rückte in verschwommene Fernen: der junge Mann, die Leitzordner, die Wand mit ihrem ganz besonders hellen Weiß, der Eiffelturm, die Karikatur, der gesamte Raum, selbst der Füller mit seiner Goldkrone in der Mitte des Tischs. Alles war noch da, doch unscharf geworden, als löse die Wirklichkeit sich auf, als kündigte sich ein Schwindel an. Wie lange sie dort saß, weiß sie nicht, es erschien ihr endlos. Irgendwann stand ihr Gegenüber auf, verneigte sich, öffnete den Mund, schloss ihn wieder, verschwand aus dem Bild und gab den Blick frei auf die bis dahin hinter ihm verdeckten Leitzordner, die ebenfalls ineinander verschwammen.

Sie blieb einfach sitzen, wie angeklebt, als bliebe ihr nur dieses Sitzen auf einem Stuhl, der ihr Leben beendet hatte. Sie saß da mit offenen Augen, ohne zu schauen, ohne etwas zu empfinden, außer Dumpfheit und Lähmung. Oder war es gar keine Dumpfheit und gar keine Lähmung? Vielleicht war die Grenze zu jener Art von Empfindungslosigkeit bereits überschritten, hinter der einen nicht Taubheit erwartet, sondern ein Zustand, in dem alles wie losgelöst ist. Die Welt war aufgeweicht, geblieben nur der ins Schwirren geratene Raum mit dem Stuhl, auf dem sie saß. Ihr Sitzen spürte sie noch, obwohl der Stuhl auf keinem festen Boden mehr stand. Auch die Zeit hatte sich aufgelöst, die Zeit selbst, die Zeit als solche, die Zeit in ihrem ganzen Sein. Es gab keine Wünsche mehr und kein Wollen, kein Gestern und Morgen, kein So oder Anders. Es gab nur noch dieses Sitzen, das sie davor schützte umzukippen. Doch es sehnte sich in ihr nicht einmal mehr etwas danach, geschützt zu werden und nicht zu fallen. Sie saß einfach da, ohne jeden Drang, nochmals aufzustehen.

Sie kann sich nicht entsinnen, ob sie zuerst nach Hause oder sofort in die Kirche gegangen war, zum ersten Mal wieder nach zahllosen Jahren. Ein Gesang aus der Zeit bei den Nonnen war ihr in den Sinn gekommen: Wohin soll ich mich wenden? Nur dieser Anfangsvers, mehr nicht, den Rest hatte sie vergessen. Wie zuletzt in ihrer Kindheit kniete sie in einer Bank, im dämmrigen Kerzenschein, umhüllt von abgestandenem Weihrauchduft, der Altar matt erhellt vom ewigen Licht. Sie versuchte sich an ihre tausend Mal dahergeleierten Gebete zu erinnern, die einst zu ihrem Leben gehört hatten wie das morgendliche Aufstehen und die abendlichen Fußbäder. Alles hatte bei den Nonnen seinen wiederkehrenden Rhythmus.

Auch im *Lindenhof* besaßen die Tage bis zu Brunos Tod ihren Rhythmus. Inzwischen aber war es egal geworden, ob sie noch aufstand oder im Bett liegen blieb. Sie war aus allem Vertrauten hinausgeschleudert worden, von heute auf morgen. Auf einmal blieben ihr nur noch die alten Gebete, von denen sie kein einziges richtig behalten hatte. Nicht einmal sie boten mehr Beistand. Man konnte auch nicht plötzlich wieder gläubig werden und sich von Gott beschützt wähnen. Es fühlte sich kalt an in der Kirche.

Das Einzige, was sie hatte, waren Schulden. Doch es waren nicht die Schulden, was sie ihre Bodenlosigkeit spüren ließ, es war die jähe Gewissheit, in der Welt keinen Platz mehr zu haben.

Schuldumschreibung gegen Aufgabe aller Ansprüche. Du bist ein freier Mensch, hatte Arno gesagt, ich übernehme die Ruine! Er glaubte, ihr einen Gefallen zu tun. Das einzige, was ich dir schulde, sind deine Schulden, hatte er gesagt, mit einem aufzuckenden Lächeln im Mundwinkel, in dem weniger Hohn steckte als Stolz über seine Formulierung. Zwei Minuten später wiederholte er diesen Satz nochmals. Er schien ihn für gelungen zu halten und ging mit ihm wahrscheinlich hausieren, und sei es, um den Leuten weiszumachen, dass er ein Wohltäter war und kein Schwein, das seine Schwägerin herzlos aus ihrem eigenen Haus hinauswarf.

Er kam sich vor wie ein Mann, der Verantwortung übernahm und für alle nur das Beste wollte. Du sitzt auf einem Trümmerhaufen, hatte er gesagt.

Ein Trümmerhaufen mit Fachwerkfassade, grünen Läden und Efeu von oben bis unten.

Ich entlasse dich in Freiheit, waren seine Worte. Alles andere wäre für dich die Hölle. Nimm mit, was in deinem Kleiderschrank hängt, der Rest ist Konkursmasse! Er wolle in Frieden auseinandergehen.

Als wären sie beide zusammen gewesen. Ein Paar, das sich nach schweren Zeiten gütlich trennt.

Nicht mehr beim Anblick des einen Gewässers ein anderes vermissen. Nichts mehr vergleichen. Nur noch streunenden Hunden am Strand nachschauen.

Sie hat keine Verpflichtungen mehr, keinem Lebenden gegenüber, keinem Toten.

Die Erinnerungen kommen, wann und wie sie wollen, gegen den eigenen Willen, beim Einschlafen, beim Aufwachen, als sei nichts vorbei. Schmerzen hinterlassen sie keine mehr, zumindest nicht wie früher. Manchmal scheinen sie tatsächlich nur noch aus Bildern zu bestehen, die ein Eigenleben führen. Wie Filme, die man schon oft gesehen hat.

Immer wieder geht ihr die Geschichte mit der ermordeten Hündin durch den Kopf, die sie überhaupt nicht gekannt hat. Was hat Lucy bloß getan, dass der Nachbar so wütend auf sie geworden ist? Gerne würde sie wissen, ob er es von langer Hand geplant oder sie in plötzlichem Zorn erschossen hat. Hat er einfach seine Flinte aus dem Schuppen geholt und über den Gartenzaun hinweg gezielt? Hat sie mit dem Schwanz gewedelt, ohne die geringste Ahnung, was dieser Mann vorhat?

Vielleicht gibt es auch gar keinen Schuppen und keinen Gartenzaun, vielleicht auch keine Flinte. Vielleicht hat er einen Revolver benutzt. Vielleicht hat es sich bei der Todesanzeige auch um einen Witz gehandelt. Vielleicht begegnet sie diesem Mann gelegentlich auf ihrem Weg über die Klippen.

Auch an den Metzger muss sie immer wieder denken, der die Schafe gestohlen hat und dafür den Tod seiner Mama verantwortlich macht. Vielleicht hat sie schon öfters bei ihm eingekauft, aber nicht bemerkt, wie schlecht es ihm geht. In der Zeitung ist kein Name gestanden, zumindest kein Nachname. Selbst in der Bar redet niemand über ihn. Der abmontierte Briefkasten scheint ein größeres Problem zu sein. Vielleicht war aber auch diese Geschichte nicht ernst gemeint. Andererseits kann es kaum sein, dass die Zeitung ständig Aprilscherze macht. Falls es hier so etwas überhaupt gibt.

Professor Todd wollte, dass man seine Asche über den Klippen ins Meer streut. Brunos Asche hätte sie nicht in den Bodensee schütten dürfen, außer auf der Schweizer Seite. Zu der Zeit, als sie noch im Internat war, durfte man Tote nicht einmal verbrennen, zumindest nicht bei den Katholiken. Es verstoße wider den Glauben an die Auferstehung, hatten die Nonnen ihnen beigebracht. Als könne der Leib nur auferstehen, wenn er als Ganzer im Sarg liegt. An die Würmer hatten die Nonnen nicht gedacht.

Im Hochland stößt sie hin und wieder auf vermooste Steinhügel, unter denen Tote liegen sollen, ohne Namen, ohne Kreuz, ohne alles. Wenn sie schon das Meer nicht mehr sehen können, sollen sie wenigstens sein Rauschen hören. Am Ende bleibt einzig dieses Wallen und Wogen, Brausen und Fluten, in raumlosen Weiten.

Wieso kommen ihr immer wieder die Handschuhe in den Sinn, die sie bei der Beerdigung in der Hand gehalten, aber nicht übergezogen hat? Hat es sich um eine bloße Pose gehandelt? Hat sie gar nicht die Absicht gehabt, sie überzuziehen? Was wäre schlimm daran? Dass man sich selbst in solchen Momenten überlegt, wie man auftritt und sich gibt?

Hat sie je Angst gehabt, Bruno auch innerlich zu verlieren? Oder Angst, die Trauer werde von Groll überlagert? Dass ihre Gefühle nicht rein sind?

Bald schon gab es für solche Gedanken nicht mehr viel Platz.

Erst hier fiel ihr ein, dass sie vergaß, Brunos Grabpflege zu regeln. Sie hatte daran überhaupt nicht gedacht. Zwei, drei Mal war sie noch an seinem Grab, an dem bis zuletzt die Bestattungskränze lagen, deren Schleifen nicht mehr gut aussahen. Für eine Grablaterne und eine Grabvase hatte sie gesorgt, doch es widerstrebte ihr, öfters dorthin zu gehen. Sie verzieh ihm nicht, dass er sich einfach davongemacht hatte.

Arno wird sich gewiss um ein bisschen Grabschmuck kümmern. Am einfachsten wären Erika fürs ganze Jahr.

Eigentlich hatte er sich im richtigen Moment davongemacht. Alles atmete längst Abschiedsstimmung, auch wenn man es nicht wahrhaben wollte. Der Glaube, dass es noch einmal aufwärtsging, war seit Jahren dahin. Und mit dem fehlenden Glauben fehlte die Kraft. Und sogar der Wille. Aufstieg, Höhepunkt, Niedergang.

Die damastbespannten Sofas und Sessel hatten Patina angenommen und waren, um es weniger schön zu sagen, zum Wegwerfen. Aller Glanz war ermattet, im Sichtbaren wie Unsichtbaren. Selbst die Zinnteller an den Wänden strahlten eine Müdigkeit aus, die sich durch keine einzige Politur mehr wegbekommen ließ. Bei ihren sinnlosen Gängen durchs verwaiste Haus schien alles Trauer zu tragen. Von heute auf morgen hatte sich alles zurückgezogen in ein Schweigen, wie man es früher nicht einmal nachts kannte, wo man im Dunkeln meinte, die Gäste schlafen zu hören.

Das wenige, was ihr von Großmutter blieb, war ein Säckchen mit Murmeln, alle in zarten Farben. Beim Murmelspielen hatte man sich nie gestritten, jedenfalls kann sie sich nicht an dergleichen erinnern. Man saß auf dem Boden, ein bisschen traumverloren, und schaute zu, wie sie klickernd dahinrollten. Dieses Schauen und Klickern und Rollen konnte Stunden füllen, ohne alle Spielregeln, ohne allen Sinn und allen Zweck. Man saß einfach da und schaute zu, wie sie die Richtung wechselten, langsamer und leiser wurden, bis sie mit unschlüssigen Kreisbewegungen geräuschlos zum Stehen kamen.

Jetzt liegen sie in einer Schale, nicht angerührt seit Jahren. Ihr zartes Violett und Rosa und Blau gleicht Morgenhimmeln, wenn durchs frühe Grau sanftes Licht dringt, das Welt und Meer noch eine Weile schlummern lässt.

Letzten Sommer hatte man sich um Professor Todd große Sorgen gemacht. Im Altersheim war er nicht zum Frühstück erschienen und auch nicht auf seinem Zimmer zu finden, wo am offenen Fenster ein Strick hinunterbaumelte. Bei Nacht und Nebel hatte er sich mit über achtzig aus dem zweiten Stock abgeseilt, trotz Gicht und tausend andrer Zipperlein. Man rief die Polizei, hängte Vermisstenplakate aus, durchstöberte die ganze Gegend mit Suchtrupps und ließ über Küste und Hochland einen Helikopter kreisen. Professor Todd war wie vom Erdboden verschwunden.

Eine Woche später meldete er sich, als sei nichts gewesen, an der Pforte zurück und reichte Fotos umher, die ihn singend und trinkend bei der Siebzigjahrfeier des D-Day in der Normandie zeigten. Mit einem kleinen Rucksack hatte er sich in einem Regencape weggestohlen, unter dem sich ein nagelneuer Anzug verbarg, das Revers voller Orden. Mit dem ersten Morgenzug hatte er sich nach Dover davongemacht, die Fähre nach Calais genommen, in vollem Ornat französischen Boden betreten, sich einem Trupp von Kriegsveteranen angeschlossen, sieben Tage an Aufmärschen teilgenommen, sich von Prinz Charles die Hand schütteln lassen und jede Nacht in einer anderen Kneipe gefeiert. Nun sei er müde, hatte er bei der Rückkehr erklärt, sich ins Bett gelegt, zwei Tage durchgeschlafen und danach in der Zeitung verkündet, das Altersheim hätte ihm schon vor zehn Jahren Auslandsreisen verboten, deshalb sei ihm nichts anderes übrig geblieben.

Auch ihr schob er seine D-Day-Fotos über die Theke. Wortlos legte er sie ihr hin, ein paar Dutzend Stück, und drehte ihr wie immer den Rücken zu, um aufs Meer hinauszuschauen. Auf einem der Bilder stand er am Straßenrand und schüttelte tatsächlich Prinz Charles die Hand, auf dem Kopf ein weinrotes Barett, an der Brust Medaillen und Bänder in allen Farben.

Bevor er wieder aufbrach, steckte er die Fotos ein, machte auf dem Weg zur Tür aber nochmals kehrt, beugte sich über die Theke und fragte: Wissen Sie, wo Ihr Vater am D-Day war?

Sie wollte nicken und lächeln, was ihr diesmal nicht gelang. So flink, wie er sich davongemacht hatte, schien es ihm auf eine Antwort auch gar nicht angekommen zu sein. Seine Frage fing an, sie aufzuwühlen. Sie schrie nach Rechtfertigung. Tagelang legte sie sich Antworten zurecht. Antworten, die er nicht erwarten würde. Schließlich entschied sie sich für den Satz: Mein Vater war einer von den amerikanischen Fallschirmspringern, die über der Normandie gelandet sind.

Sie kam nie dazu, diesen Satz auszusprechen. Als Professor Todd eine Woche später wie jeden Donnerstag an der Bar saß, nickte er ihr ein paar Mal zu, wenn er an seinem Whisky nippte. Sie lächelte und nickte zurück.

Warum überstrahlen nicht die glücklicheren, erfolgreichen Zeiten alle Erinnerungen? Konnte sie Glück von Erfolg je trennen? Im Prinzip schon, in Wirklichkeit vermutlich nicht.

Ist das schlimm? Oder sagt man bloß gedankenlos: Glück und Erfolg sind nicht das Gleiche? Lügt man sich eins in die Tasche, um sich für menschlich zu halten und nicht nur dem Erfolg nachzurennen? Ist ihr jetziges Leben das richtigere, weil aller Erfolg ausgespielt hat? Täusch dich nicht, bloß weil sich diese Frage nicht mehr stellt!, sagt sie sich.

Trotzdem ist es beruhigend, dass sie sich nicht mehr stellt. Ein Leben abseits jeder Arena.

Das Meer kann so friedlich aussehen und seine Gewalten unter einer leise schwankenden Fläche verbergen, die sich wie ein Tuch ausbreitet bis zum Horizont. Keinen halben Tag später werfen sich haushohe Brecher übers Küstengeländer und treiben alles, was sich auf der Straße befindet, in die Flucht. Sie schwemmen ganze Baumstämme an, wühlen die Erde unter sich auf und verwandeln die See in ein Ungeheuer aus Schaum und Gischt.

Bei den Nonnen hing im Speisesaal ein Gemälde, auf dem ein Kind am Strand mit einer Kelle Wasser schöpft und es in eine Kuhle gießt, während sich hinter ihm ein Mann im Bischofsornat zu ihm hinabbeugt. Dieser Bischof, hatten die Nonnen erklärt, will von dem Kind, das der kleine Jesus ist, wissen, warum es Wasser in die Kuhle schüttet. Ich will das

Meer austrocknen, habe es geantwortet, worauf der Bischof erklärt, das sei aussichtslos. Worauf das Kind erwidert: Alle deine Versuche, dem Rätsel der Welt auf die Spur zu kommen, sind noch tausend Mal aussichtsloser.

Solche von den Nonnen erzählten Geschichten waren viel schöner als das Leben bei ihnen. Vielleicht war ihnen nicht einmal klar, dass sie damit ihren eigenen Glauben untergruben.

Als Kind hatte sie gedacht, es würde genügen, an einen Schutzengel zu glauben, ohne dass man Gott noch bräuchte. Mit einem Schutzengel war man nie allein. Anders als Gott bestraften Schutzengel einen auch nicht. Man fühlte sich in ihrer Anwesenheit gerechtfertigt, egal, was man dachte und machte, es mochte falsch sein oder richtig. Ein Schutzengel war dazu da, einen aus der Not herauszuführen. Mit ihm im Hintergrund durfte man auch ungute Dinge tun, schließlich führte er einen wieder auf den richtigen Pfad zurück, ohne Gewalt und ohne Strafe. Mit einem Schutzengel zweifelte man nicht an sich selbst, zumindest nicht so sehr wie ohne ihn. Der Engel sagte zu einem: Du musst dich nicht so schlecht fühlen, wie du dich fühlst. Solange er da war, durfte man das Gefühl haben, dass alles seine Richtigkeit besaß, auch die Gefahr. Im Grunde gab es ihn nur, weil es Gefahren gab, sonst hätte er überhaupt keine Daseinsberechtigung gehabt.

Eines Tages wird hier kein Haus mehr stehen und kein Strand mehr sein. Früher sei das Meer viel tiefer gelegen, behaupten die Leute. Es steigt unmerklich, von Stunde zu Stunde, so lange, bis es das gesamte Land verschlingt. Es wird alles überleben und unsere Zeit als bloßes Zwischenspiel erscheinen lassen. Die Flut wird alles überschwemmen, die Klippen, das Hochland, die ganze Insel. Eine kleine Weile werden noch ein paar Spitzen herausragen, die niemanden mehr daran erinnern, dass es uns einmal gegeben hat. Die Wellen werden über alles hinwegbrausen und hinwegrauschen und die Welt unter sich begraben.

Es bedarf dann auch keiner Engel mehr, und niemand wird sich mehr fragen, worin der Sinn des Daseins besteht und wozu es Meere gibt und die Natur.

Die Winter verströmen hier keine Stille wie am See, wo sogar die Vögel lautlos auf den Stromleitungen sitzen und stumm hinausblicken übers verschneite Land. Ein kleines Rauschen vernimmt man zwar auch dort, doch zuweilen hüllt das Wasser am See sich in Schweigen. Hier wogt das Meer selbst in seiner Ruhe hin und her.

Vielleicht malt man sich auch deshalb ein Jenseits aus, um sich nicht gänzlich der Welt ausgeliefert zu fühlen.

Von der Katze geträumt. Sie auch diesmal nur gehört, aus weiter Ferne, vom anderen Ende des Meeres.

Ein Bauernjunge hatte sie einmal zu sich nach Hause gelockt, die Tür verriegelt, im Halblicht des Flurs eine Katze unter der Stiege hervorgezerrt, sie am Schwanz gepackt, durch die Luft gewirbelt und mit einem Gelächter, das wie Keuchhusten klang, ihre Schreie überkrächzt. Es roch nach Speck und Abort, Rauch und Gülle. Bis heute steigt ihr dieser stechende Gestank in die Nase.

Sie traute sich nicht, ihn anzuflehen, er möge aufhören,

nicht nur aus Angst, von ihm ausgelacht zu werden, sondern aus Angst, dass er es dann mit der Katze noch schlimmer trieb. Weil sie nicht davonrennen konnte, schloss sie die Augen, in der Hoffnung, das Spiel würde für ihn jeden Reiz verlieren, wenn niemand zuschaute. Vermutlich lachte er weniger über die Qualen der Katze als darüber, dass sie nicht wagte, ihn an seiner Grausamkeit zu hindern.

Schrickt sie hoch aus den Träumen mit der Katze, kommt ihr dieser Bauernbub in den Sinn. Sie muss dann nicht mehr an die Holzbeige und an die Blicke ihrer eigenen Katze denken, die ihnen zugelaufen war und ihnen tote Mäuse vor die Küchentür gelegt, sich ins Haus geschlichen, sich auf Tischen, Stühlen, Sofas und am liebsten im Bett breitgemacht hatte, wo Bruno sie jedes Mal wütend verscheuchte. Ihretwegen hätte sie dort bleiben dürfen, wenigstens im Winter und bei Regenwetter. Du magst dieses Vieh lieber als mich, hatte Bruno sie angeraunzt. In den Korb, den man ihr neben die Schlafzimmertür stellte, verkroch sie sich bloß so lange, bis Bruno zu schnarchen anfing. Morgens lag sie zwischen ihnen wie ein Kind, das heimlich ins Bett von Papa und Mama gekrabbelt kommt. Als dann Brunos Bettseite leer blieb, rollte sie sich auf seinem Kopfkissen zusammen.

KANN DAS MEER sich selbst fühlen? Oder der Abendhimmel, wenn er sich lodernd vom Tag verabschiedet?

Wie sind die Chinesen nur auf die Idee gekommen, das Universum sei quadratisch? Noch nie hat sie Ecken in der Natur entdeckt, zumindest keine exakten. Felsen und Steine haben Zacken oder Rundungen. Wasser ist formlos und passt sich allem an. Gerade das macht es so bedrohlich.

Könnte sie die Natur bewundern, wenn gewiss wäre, dass sie eingespannt ist in ein Quadrat? Würde sie die Natur noch mögen, wenn man sich den Kosmos als Schachtel vorstellen müsste oder als Kiste, in der die Welt sitzt? Der bloße Gedanke macht Atemnot.

Nur selten sehnt sie sich zurück nach dem Leben mit Bruno, fürchtet aber, dass man so etwas nicht denken darf.

Es ist, als befinde sie sich zum ersten Mal an einem frei gewählten Ort. Doch was heißt frei gewählt? Sie empfindet es so. Vielleicht musste alles so kommen, wie es gekommen ist. Vielleicht hat alles seine Richtigkeit gehabt. Vielleicht gibt es doch eine Vorsehung. Vielleicht erledigt das Schicksal einfach sein Geschäft.

Wenn einmal alles vorbei ist, bleibt keine Stille, es bleibt das Meer mit seinem Rauschen. Am Bodensee hat der Bach hinterm Haus sie in den Schlaf getragen und das Klappern von Bootsmasten. Hier schwappen vom Pier manchmal Musikwogen herüber oder es rattern ein paar letzte Mopeds ums Eck. Dann hallen nur noch verlorene Möwenrufe über die nächtliche Bucht und die Laternen werfen ihren gelblichen Schimmer über die Promenade.

Und jeden Morgen liegt es wieder da, das Meer, in seiner unendlichen Gleichgültigkeit. Und jeden Morgen macht sie sich auf zu den Klippen, bei jedem Wind und jedem Wetter. Und immer denkt sie, ich könnte springen, zur einen Seite die schäumende Gischt, zur andern grünes Land und Schafe und in der Ferne bräunlich aufragende Berge.